Aneko Yusagi
アネコユサギ
illustration 植田 亮
「河童？」
JN054131
ディメンションウェーブ
4

まさか人間どもにこの水の四天王
アクヴォルの姿を晒《さら》す事になるとは……

本を開くとズモモ……っと
騎乗ペットが現れた。
見上げるくらいに大きい
……二足歩行のウサギが出てきた。

茹《ゆ》であがったカニを、ペックルと硝子《しょうこ》達に渡し、カニ缶などに加工。

最初は楽しげにしていた紡《つむぎ》もどんどん目が死んでいった。

「これはなんでござるかー！」闇影《やみかげ》が叫んだ。

「なんで拙者《せっしゃ》達《たち》は蟹《かに》工《こう》船《せん》をしているでござるか！」

「よし！ブラッドフラワー！」

絆《きずな》の最も強力な技が発動して
アクヴォルを切り刻みながら
通り抜けていった。

INTRO DUCTION

アップデートの恩恵

アップデートによって発生する様になったフィッシングコンボという要素で、
横取りするように食いつく大きなサメ……
ブルーシャークを相手に激闘をして勝利する絆達。
タイミングよくアルトから連絡が来てカルミラの方で
新たに追加された漁業クエストをする事で様々な恩恵がある事が分かる。
ロミナに釣り具の性能を強化してもらい
更に水族館が開館されるとの話も……
釣りがしたい絆にとってやりたい事がどんどん増えていた。
釣りと冒険、同時に出来る方法を模索していると
商人のアルトがとあるアイテムを見せる。
「これもアップデートで作れるようになった品みたいなのだけど……
きっと君なら使いこなせるんじゃない？」
新たに手にした武器とアイテムを手に絆は悩みを解決し、
仲間達と合流して冒険を満喫する。
ブルーシャークを釣り上げたことで作ってもらった
業物の冷凍包丁で強さを見せる絆。
冒険の途中、仲間達の勧めで渓流で釣りをした絆の針に謎の魚影が引っかかる。
釣り上げた絆達が見たその魚影の正体は――「河童？」

ディメンションウェーブ 4

ディメンションウェーブ　4

アネコユサギ

ヒーロー文庫

ディメンションウェーブ 4

Illustration 植田 亮

CONTENTS

イラスト／植田亮
装丁・本文デザイン／5GAS DESIGN STUDIO
校正／佐久間恵（東京出版サービスセンター）
ＤＴＰ／鈴木庸子（主婦の友社）

この物語は、小説投稿サイト「小説家になろう」で
発表された同名作品に、書籍化にあたって
大幅に加筆修正を加えたフィクションです。
実在の人物・団体等とは関係ありません。

プロローグ　フィーバールアー

カルミラ島を飛び出し、新たな地を目指して旅立った俺達だけど……第四都市という か、新大陸に関しては割とすぐに見つかってしまった。

どうもカルミラ島のディメンションウェーブが終わった際のアップデートで航路が開いたって設定らしく、新たな大陸への船が出る様になってしまったのだ。

この事が露見してアルトがカルミラ島はすぐに廃《すた》れるかもしれないと冷や汗を流していたっけ。

とりあえず先発隊とばかりに新大陸に出かけたプレイヤーの証言を聞くと、帰路ノ写本に登録出来ない特殊な都市らしい。

しかも色々と制限があって使いづらいとかなんとか……拠点というより中間地点って印象のある都市だったとの噂《うわさ》がカルミラ島では広まっている。

そんな訳で俺達も新大陸とやらにすぐに行ってみた。

漁港ロラ……という簡素な船しか泊まっていない港に無数のプレイヤー達と共に俺達も船を停泊させた。

「いらっしゃーいペーン。カルミラ島出張の出店《でみせ》だペン」

……なぜか漁港ロラではペックルがアイテム補充なんかの店を開いている。

どうもこれがアルトの言っていた交易の一つらしい。

ここでの収益はカルミラ島の税収にカウントされるそうだ。

「ここが新大陸ですか……」

「思ったより早く見つかったでござるな」

「そう」

「ワクワクするね！」

「未知のクエストが俺達を待ってるんだな！」

「どんなイベントがあるのか楽しみね！」

無数のプレイヤー達で賑《にぎ》わう港を歩きつつ俺達は新大陸を見渡す。

港を抜けると草原が広がっている。真ん中に街道らしき道があって、プレイヤー達がぞろぞろと歩いている。

「他のプレイヤーの方々に続いて私達も行きましょうか」

「いや、俺はこの港で釣りをする」

「またでござるか……」

硝子《しょうこ》の提案をアッサリ断った俺に、なんか闇影《やみかげ》が呆《あき》れた様な声を出している。

何をわかりきった事を言っているんだ？

「ここまでの道中でも絆《きずな》さんは釣りをしていましたよね」

「硝子、新しい場所に着いた＝《イコール》新しい釣り場でもあるんだ。ここは海ではなく、漁港ロラという釣り場なのだ。何が釣れるかのチェックを忘れてはいけない」

「絆の嬢ちゃんはブレねえな。尊敬するぜ」

「だからこそ島主になれたんじゃないの？」

「……そう」

ゲーマーとして、釣りが俺のライフスタイル。未知の場所に着いてする事と言ったらまず釣りだ。

「お兄ちゃんらしいね」

「もはや恒例となっているのはわかっていますが、ここで先に向かわず釣りをしたいとは……絆さんらしいです」

「じゃあどうするでござる？」

「……別行動」

しぇりるの言葉に同意だな。

「しぇりるはどうするんだ？　夢というか目的だった新大陸を見つけた訳だが」

「……まだ全てが見つかった訳じゃない。もっと調べる」

「まあなー」

まだ世界地図の全てが埋まった訳でもない。もっと海を調べ回る事も確かに必要な事だろう。

ただ、アップデートしないと新しい場所が見つからない様に細工されている様なので、ほどほどに新しい事に挑戦するのも……また一考ではある。

「んじゃ、海をもっと調べたいのか？」

「のう……新大陸、調査……コロンブス」

「大陸の調査もしたいって事ね」

しぇりるはコクリと頷《うなず》く。

「あー……しぇりるの嬢ちゃんとの会話は本当、独特だな」

「もっとわかりやすく話せる設定に出来ると思うけど、してあげた方が良いのかしら？」

「のう」

らるくとてりすに向かってしぇりるは右手のひらを突き出し、ちょっと強めの声音で拒否を示している。

「べん……きょう。甘え、ダメ」

勉強？　甘え？　よくわからないがしぇりるなりのルールがあるっぽい？

「実は拙者《せっしゃ》も気を利かせたでござるが断られたでござるよ」

「難儀な性分ねーむしろ絆ちゃんと言葉数少なく意思疎通する方が望ましいって事かしら？」

「そう……」

コクリと、しぇりるは頷いた。なんかよくわからんがしぇりるは俺と話をする際にルールを決めているっぽいのか？

聞いても答えてくれそうにないが、どうやら意思疎通が出来れば問題ないみたいだし、しぇりるなりのルールを守りたいのだろう。

「なんだかわからんが、俺は港で釣りをしているから皆は先に行っててくれ」

「てりす達はどうしようか？　絆ちゃんに張り付いて面白そうな展開を見守るのも楽しそうよね」

いや……前回のディメンションウェーブイベントでもそうだったけど、俺と一緒にいるから面白いイベントがあるって訳じゃないと思うんだけどな。

「この港の近くにも隠されたクエストがあるかもしれねえからＮＰＣと話をしておきたいところだな」

「じゃあ、てりすが港で絆ちゃんを見張りながらクエスト探しをするから、らるくは硝子ちゃん達の方に行きなよ」

「はあ？　てりす、ディメンションウェーブの時に絆の嬢ちゃんの近くで隠しクエスト見てたんだろ？　今度は俺の番だろ、港は俺でてりすは硝子の嬢ちゃん達と行ってこいよ」

てりすの提案をらるくが蹴って自分が港にいると言い返す。

いや……俺の近くってそんな変なクエストがいつも転がっている訳じゃないぞ？

「絆殿……モテモテでござるな」

「この二人は俺が常に妙なクエストに巻き込まれるタイプだとでも思っているのだろうか？」

「ちげぇのか？　釣りの隠しクエストを見つけた事もあるじゃねえか」

ああ……料理レシピを教えてくれるクエスト関連でもあったっけ。

ヌシを釣ったプレイヤー限定で釣り具とかが貰《もら》えるやつ。

「そんなに気になるなら二人とも釣りを覚えりゃ良いじゃん。一緒に釣りしようよ」

「いやー俺飽きっぽいところあるから無理だわ」

「てりすも竿《さお》を持ってずーっと待ってるってのは遠慮したいわね」

く……俺と釣りを一緒にやってくれるのは硝子だけだというのか。

「話は平行線になりそうね。それじゃジャンケンで決めるわよ！」

「そうこなくっちゃな！　ジャーンケーン！」

ほい！　っと、らるくとてりすはジャンケンを行い、らるくが勝利して港でクエストを探す権利をもぎ取った。

「うっし！　てりす、あとで情報交換するぞ」

「わかってるわよーしょうがないわね」

「絆さんもですが、らるくさん達もマイペースですね」

「絆殿の奇想天外な行動で成功しているのだから否定は出来ないでござるよ……」

「あはは！　じゃあ先に行ってるねお兄ちゃんとらるくさん！　水場があったら教えるからね！」

「おうよ！」

「いってこい！　こっちもクエストとか良さそうな狩り場を探しておくぜー」

って訳で俺とらるくは硝子達に先に行かせて港で釣りに勤しむ事にしたのだった。

†

さっそくらるくは港で何かクエストはないかと周囲の探索に出かけていき、俺は船で釣り竿を垂らしている。

「おい……あそこにいるのって釣りマスターじゃね？」

「ああ……あのクジラを釣ったアイツか」

「新大陸に来てもやる事が港で釣りって徹底してんなー……」

「ゲーム開始時にも一日中釣りしてた姿が目撃されてるんだぜ。釣りのトッププレイヤーだろ」

「アイツの真似《まね》すれば成功すると思って釣りを必死に覚えている奴もいるらしいぞ」

道行く人が俺を指差して、噂話《うわさばなし》をしているのが聞こえてくる。

悪い気はしないけれど、俺の真似ねー……別に釣りだけをして新しい場所を見つけた訳じゃないんだけどなぁ。

もちろん新しい場所での釣りは好きだけど……他にも色々と覚えてみたいスキルがアップデートで出ているんだよなぁ。

釣竿《つりざお》を垂らしながら次に覚えるか悩み中のスキルをチェックする。

お？　竿が引いてる。何が釣れるかな？

む……地味に釣りづらい。

引っかけるのが中々難しい上に、引っかけた直後に暴れだしたため少し手こずった。

まあ、十分に上げたフィッシングマスタリーの前ではそこまで苦戦はしなかったが。

「おお？　シマダイだ！」

シマダイっていうのはイシダイの若い魚だ。イシダイは割と釣り人泣かせというか憧れの魚でもあるので自身の成長を感じる。

ここでシマダイが釣れるって事は近くの岩礁地帯に行けばイシダイも釣れるかな？

問題は釣り針か……そこそこ強度がないと噛《か》み切られるだろうなぁ。

竿だけではなく釣り針も拘《こだわ》らねばならないかもしれない。

他にクロダイとウミタナゴが釣れる様だ。

ここのヌシは一体何が引っかかるか今から楽しみだ。

なんて感じに試行錯誤を繰り返していると……。

「絆さん」

「ん？　ああ、硝子？　どうした？」

硝子からチャットが飛んできたので応じる。

「ちょっとこっちに来てくれませんか？　試したい事が見つかったので」

「別に良いけど……」

「お願いします。道なりに進んだ先です」

せっかく調子出てきたのになー。

「えっと、らるくはー……おーい！　らるくーなんか硝子が呼んでるから行くぞー」

近くでクエスト探しをしていたらるくに声を掛ける。

「ああん？　いきなりあっちで何か見つけたってのかよ。ったく、ミスったかねー」

釣り具をしまって皆がいるという方に俺とらるくも向かう。

「やっほーお兄ちゃん。釣果《ちょうか》はどう？」

「すぐ呼ばれたからそんなに釣ってないけどシマダイが釣れたな」

「へー……よくわかんないけど凄《すご》いね」

紡《つむぎ》よ、よくわからんなら凄いとか言うな。

で、合流した硝子達の後ろには、なんか……ドドーンと城壁がそびえていて、その真ん中に入口らしき砦《とりで》がある。

そこからプレイヤーが一列になって並んでいる。

「おうおう。どこぞの行列店みたいだな。繁盛してるこって」

「てりす、勤務先がここまで混んでたら休んじゃうかもー」

リアルが宝石店勤務のてりすが不届きな事を言っている。

社会人として全く尊敬出来ないセリフだ。

「どうやらこの新大陸はミカカゲという国なのですが、入るには関所を通過しないといけないそうで……」

「へー……」

「門番の話だと関所を通るには通行手形という名のビザ申請が必要なんだって。そのビザを取るとこの国に三日間だけ滞在出来て、期日を過ぎるとこの関所に戻されるらしいよ」

「期日を過ぎると一日ほど、申請期間が必要だそうでござる」

「……そう。ビザ……常識」

滞在期間が決まっている訳ね。微妙にリアルな設定のある国への来訪って事なのかな？

「しかもここで発行したビザだけだと更に先の関所は通れないし、首都に行くのには日数もかかって三日じゃまず辿《たど》りつけないみたい」

「ほー……時間のかかるクエストだな。時間差で実装させるオンラインゲームみたいだぜ」

類似ゲームなんかもらるくは知っている様な口ぶりだな。

年上だしゲーム経験も豊富なんだろう。

「ふーん……で、それで俺を呼ぶのに何の理由がある訳？」

「ちょっとお兄ちゃん。こっちの受付のＮＰＣに声を掛けてみてくれないかな？」

砦内からズラーッと一列で並んでいる列とは別のガラガラの受付がある。

たまにプレイヤーがチョロッとその受付に話しかけるのだけど、なんかそそくさと長蛇の列の方へと行ってしまう。

俺の前にいた人がその受付に声を掛けると。

「ようこそいらっしゃいました！　ミカカゲ国へようこそ……こちら、貴族地位所有者用の受付でございます。一般の冒険者の方はあちらの冒険者窓口でお尋ねください」

と、受付のＮＰＣはそう言って長蛇の列の方を指し示している様だ。

……とりあえず俺も声を掛けてみよう。

「ようこそいらっしゃいました！　ミカカゲ国へようこそ……カルミラ島の島主様！」

うお。反応が違うぞ。

「こちらが滞在期日無期限のミカカゲ国の栄誉通行手形になります。お受け取りください！」

「あ、ありがとう」

サッと、通行手形というアイテムを受け取る。文字が金色で書かれているなぁ。

「ミカカゲ国では他国から来る者達には滞在期間を設けております。普通の冒険者の方々は通行手形を受け取り、国内で依頼や危険な魔物の討伐等を行って実績を積んでいき、通行手形の格を上げていく事で滞在期間が延び関所を越えていく事が出来る様になります」

なんか受付のＮＰＣが長々と俺に説明をし始めてしまった。

硝子達がなんか勝ち誇った様な顔をして俺の後ろにいるんだが……。

ともかく、どうやら普通のプレイヤーは一般受付の方に並んで普通の通行手形……ビザを受け取って実績を積みながら奥へと進んでいくって事なのね。

「ですが、貴方様はミカカゲ国と交流のあるカルミラ島の島主様。これは同じギルドの皆様にも適用いたしますので、どうぞ我らの国ミカカゲをご堪能ください」

えーっと……つまり、色々と面倒な手続きを免除してくれる訳ね。

カルミラ島で甘い汁を吸いつくした俺達が次の場所でも優遇処置を受けるのかー……

色々と大丈夫なのか？

他プレイヤーの恨みを買いそうだ。

ただ……それだけカルミラ島で隔離業務をさせられたのだから、その見返りって事なのかもしれない。

考えてみれば開拓の遅延は起こりうる問題な訳だし、適切な人材を呼べなければ上手くいかない可能性は高いだろう。

その点について言えば、俺は友人知人に有能な人材が多くて助かった。

「やったでござるな！」

「アッサリと通れそうですね」

「うん！　やっぱお兄ちゃんに話しかけさせて正解だったね」

「ごー……」

「これは気持ち良いわねー夢の国の優先搭乗券みたいに入場出来ちゃったわ」

「ある意味これも隠しクエストって事だよな。島主の恩恵すげぇ」

って感じで受付のNPCの指し示す方向から硝子達は関所を通って行ってしまう。

チラッと隣に目をやると唖然《あぜん》とした表情や納得出来ないとばかりに不満そうな顔をするプレイヤー達が見える。

どうやって通れたのかまでは聞こえていないはずだから……粘着とかはされないかな？

「ありがとう、お兄ちゃん」

「ああ、また何かあったら連絡をしてくれよー」

「釣りに戻るんですね絆さん」

「そりゃあまだ港で満足するほど釣りをしてないからな！」

「せっかくの新マップだというのに釣りに戻るでござるよ……」

闇影がなんか呆《あき》れた目を俺に向けてきた。

そんなの今更だろ。

「で？　らるく、また絆ちゃんの方へ行くのかしら？　交代する？」

「は、そうは問屋が卸さねえよ」

なんかららるくとてりすがにらみ合いをしている。仲いいはずだよな？　喧嘩《けんか》とかされると困るんだけど……。

「ほら絆ちゃんが困った顔してるじゃない」

「喧嘩じゃねえから安心しな、絆の嬢ちゃん。ほら、港で隠しクエスト探そうぜ！」

「あ……ああ……じゃあな。みんな」

って訳で俺は永久滞在ビザをもらったその足で港に戻って釣りに勤しんだ。

†

日が沈み……人通りがまばらになっても尚、俺は港に停泊させた船で釣竿《つりざお》を垂らす。

しぇりるが設置してくれた灯《あか》りのお陰で夜釣りも苦じゃないな。

「仕掛けはやはりこの辺りが無難か……あとはウキと錘《おもり》、撒《ま》き餌《え》も視野に入れて……」

何が釣れるのかひと目でわかれば苦労はしない。

ここは色々とトライ&エラーを繰り返すのが常だな。

「絆の嬢ちゃん。ずっと釣りをしてたけど、マメに研究やってんだなー」

港でクエスト探しをしていたらるくが、休憩に船に戻ってきて椅子に座ると俺へと声を掛けてきた。

「そりゃあな。釣り糸を垂らすだけで釣れるほど甘くないんだよ」

「俺にはとても真似《まね》出来ねーな」

「狩り場に合わせて装備の厳選をするのと同じだぞ。魔物の見た目とかから属性に拘《こだわ》ったりするだろ？　初めてのゲームだってそこは同じじゃないか」

「……違いないな。こりゃ一本取られちまったぜ」

そういえばブレイブペックルからフィーバールアーってスキルを授かっていた。

これって何なんだろう？　とりあえず発動させてみるか。

「フィーバールアー」

フィーバールアー
釣竿《つりざお》を使った補助スキル。
魚を引き寄せる光を宿すルアーを付与する。
一回の使用に1000のエネルギーを消費する。
ランクアップ条件　???

う……エネルギーを1000も消費したぞ。

すると俺の釣竿の糸の先に吊《つ》るしてあった針が、ブレイブペックルから渡された無駄に派手なルアーに姿を変える。

「お？　なんか見ないスキル使ったな」

「この前のディメンションウェーブイベントをクリアした時にブレイブペックルから貰《もら》ったスキル。どんな効果かわからないから試してみようと思ってさ」

「ほー」

「……よっと」

スナップをかけて海に向かって投入する。

直後——ビクッ！　っといきなり手応えがあった。

「お？」

リールを回して釣り上げるとシマダイだった。

急いでシマダイを収納した後、ルアーを確認。

……まだ効果が続いているとばかりにルアーは姿を維持している。

なので再度投入。

やはりいきなりルアーに魚がかかる。

「すげー魚がかかるな」

「これは……文字通りフィーバー……入れ食いになるルアーだ！」

一話　ブルーシャーク『盗賊達の罪人《つみびと》』

フィーバールアー！

スキルの説明通りだけど、思った以上に引き寄せ効果が高い！

俺からすると滅茶苦茶ぶっ壊れ性能を宿したスキルだぞ！

「おー……これだけポンポン釣れるとすげー面白そうに見えるな」

「ははは！　らるくも釣りの面白さに興味を持ったか？」

「いや？　単純に面白そうだと思うが、実際にやったらすぐ飽きそう」

この野郎！　なんて事言いやがる！　俺がどれだけこのルアーに感心してると思ってんだ。

それから俺は無我夢中でフィーバールアーを海に投げ入れていた。

なにせ海面に投げ入れると同時に魚がかかるという恐ろしい状態だ。

しかも俺のフィッシングマスタリーがこの港で要求されるレベルよりも高いお陰でかなり楽に釣り上げられる。

ほぼ魚との戦闘を繰り返していた様なもんだったからな。

「やっぱすげーけど飽きるだろうな。絆の嬢ちゃんはよく続くもんだぜ」

「第一都市にいた時からそうだろ？」

「まあな。奏《かなで》の嬢ちゃんからも聞いたぜ？　絆の嬢ちゃんは粘り強さがあるってな」

らるくは顔が広いから姉さんの事も知ってるんだな。

「好きな事にのめり込むのは姉さんも紡も変わらないから血かな。あ、でも紡は飽きっぽいかな」

「飽きっぽくても腕はしっかりしてるからなー紡の嬢ちゃんも、三姉妹それぞれ特徴があるって事だな」

「今三姉妹って言いやがったな」

俺は男でこのゲームにログインする際に弄《いじ》られていただけだぞ。断じて姉妹ではなく兄弟だと言いたい。

「その入れ食いになるルアーさ、釣りに関して凄《すご》い強化がかかるって事だろ？　本来引っかからないぐらいの獲物も掛かる様になるかもしれないぜ」

「ありそうだなー……」

なんて問答をしていると……ガクンと一際大きな手応えで竿《さお》がしなった。

「お？　この手応えは……」

グイグイと今までにない手応えに、間違いなく大物が掛かったのを俺は理解した。

電動リールで巻き上げていくのだが、大ナマズの時と同等の抵抗を見せてくる。

「おお？　良い獲物が掛かったみたいだな」

ギギギ……と船が僅《わず》かに傾くほどの手応え、うんうん……このありえないくらいの引きの強さはたぶんヌシだろう。

「あ、釣りマスターがなんか大物引き当てたみたいで船で竿《さお》振ってる」

「がんばれー」

港で休憩していた奴が俺を指差して応援を始める。

いや、お前ら見てたのかよ。

とりあえず軽く手を振って、魚とのバトルを続ける。

「釣りマスターの釣りを見てるとさ、結構大変そうだな……釣りって」

「だなー」

呑気《のんき》な会話だ。俺を指差しながらしないでもらえますかね？

うお！　船底に潜ろうとしやがる。

「一本釣り！」

グイッとスキルを使って引き揚げにかかるがしぶとく抵抗しやがる。

「はぁ！」

バシャアアア！　っと水面に跳ねた魚を確認する。

お？　かなり大きなクロダイだ。

そのままザバンと海に落ちるだろうがこのままリールを巻いていけばいずれ釣れる！

きっとあれがヌシだな！

なんて思った直後――。

ザバッ！　っと大きなサメ……見た目は大きなブルーシャークが海中からいきなり現れて俺が戦っていた大きなクロダイに噛《か》みついた！

「おー！」

ガクンと釣竿が更にしなりリールがぐるぐると回り始める。

「面白いクエストきたー！　やっぱ絆の嬢ちゃんに張り付いてて正解だった！」

なんからるくが拳《こぶし》を握っているけどそれどころじゃないだろ！

「え？　な、おい！」

思わず驚きの声を上げる事しか出来ないぞ。

急いで巻き直すけど、引く力が洒落《しゃれ》にならないくらい強くなった！

さっきの比じゃない。

「な……な……」

観戦していたギャラリーも驚きの表情を浮かべる事しか出来ない様だ。

なんで釣っている最中に他の魚……というか魔物が乱入してくるんだよ！

「サメワロタ！」

「スゲー！　さすがは釣りマスター！　あんな事が起こるんだな！」

「な！　見張ってて正解だったぜ！」

「あ、らるくだ。やっぱ釣りマスターの挙動が気になって見てたのか」

ぐいぐいと、洒落《しゃれ》にならない引きの強さに引きずられる。

やっば！　船から落ちる！

「絆の嬢ちゃん大丈夫か？」

らるくが支えとばかりに後ろから俺の腕を掴《つか》んで引き寄せる。

多少安定するな。

「助かる。けど、大丈夫だ」

手すりに足を引っかけてなんとか体勢を整えていく。

大きなブルーシャークは釣られまいと右へ左へ海底へと暴れ回っていやがる。

これは釣りと認識して良いのか？

「らるく、ちょっと獲物を弱らせたいからアイツに攻撃出来ないか？」

「あー……俺の武器、鎌だから技を放つと糸を巻き込みかねないぞ？　遠距離技を縦軸で……ちょっと待ってな。船のバリスタで狙うからよ」

らるくが鎌を出して弱らせる手伝いをしてくれそうだけど、水中へと逃げていく獲物へ

の攻撃は鎌じゃ難しいか……バリスタは任せよう。

らるく以外にも手伝いが欲しいな。

「カモンペックル！」

「ペーン！」

クリスこと王冠をかぶったキングペックルと兜《かぶと》をかぶったペックルを呼び出し、ターゲット指定を行う。

「行け！　あのサメを弱らせろ！」

「行くペン！」

ザブンとクリスが海に入り、高速回転しながら水面に飛び出して糸を斬らんとする大きなブルーシャークに突撃する。

クリスの突撃で水竜巻が発生し、ブルーシャークがそこに捕らわれた。

なんか派手な攻撃エフェクトが発生した様に見える。

「おおおおお！」

「スゲー……滅茶苦茶派手だな！　みんな見に来いよ！」

なんか観戦している連中が騒ぎを聞きつけてぞろぞろと集まってきている？

「なんだあれ？　ブルーシャーク？」

「釣りマスターが大きな魚を釣り上げようとしたところを横取りしてそのまま第二ラウン

ドに入った感じ」

「で、ペックルがサポートしてると……」

「すげぇえええええ！」

バシャ！　っと大きなブルーシャークは水竜巻を消し飛ばし、そのまま海中に入って、再度水面に飛び出て抵抗を繰り返す。

ええい！　大人しくしろ！

クリスはペシペシとブルーシャークに飛びついてバシバシと攻撃を続けてくれている。

何かないか……あった！　格闘しながらもしぇりるの用意したバリスタ近くまで移動し
片手で……片手で持つのも無理か！

「おっし準備OK！　いくぜー！」

らるくがバリスタの矢を拾い上げてブルーシャークに向かってバシュッと射出した。

ドスッとエフェクト発生！

よし！　徐々に大きなブルーシャークが弱ってきたぞ。

「頑張れ！」

「大物にはあんな風に攻撃して良いのか……」

「アレって参考にして良いのか？」

「良いんじゃねえか？　つーか……閃《ひらめ》きもしなかったぜ」

応援の声がなんか複雑な気持ちにさせてくれる。

「とにかく……これでトドメだ！　一本釣り！」

大分弱ってきたのを確認し、俺はトドメとばかりに一本釣りを使って大きなブルーシャークを甲板《かんぱん》に引き上げる。

ビチビチと大きなブルーシャークが甲板に乗っかり跳ね回って暴れていたが、やがて観念したのか大人しくなった。

「ペーン！」

二匹のペックルがブルーシャークの尾にロープを縛り付け、船の後方にあるフックに引っかけて吊《つ》り下げた。

アングリとばかりにブルーシャークが巨大サメ映画で見る様な体勢で吊るされている。

「おおおー！」

「釣りマスターの勝利！」

「見てて面白い勝負してんな！」

「さすが釣りマスター。白鯨《はくげい》を釣り上げた幼女」

パチパチと拍手が聞こえるけれど、港で起こる勝負じゃねえ……。

というか……なんでブルーシャークが釣れてんだよ。

それと誰が幼女だ！　ネカマと呼べ！

「やったな！　絆の嬢ちゃん。早速大物を釣ったじゃねえか」

「ああ……まさかこんなのが釣れるなんて」

「面白いもんが見れたぜ。ここから連なるクエストとかあるんじゃねえの？」

「どうなんだろうな？　らるく、探せるか？」

「絆の嬢ちゃんがいないと発見と進行は出来ねえだろうからなー……ある意味これも手探りで見つけようって事だろ？」

「……そうだな。それっぽいＮＰＣを見つけたら頼む」

「あいよ」

ってところで針を外す……あ、いつの間にかフィーバールアーから普通の釣り針に戻っていた。

ステータスを確認するとフィーバールアーのクールタイムが表示されている。

……どうやらクールタイムは一日ほど必要っぽい。

入れ食いになるルアーを呼び出すスキルでしばらくの間は釣り具も強化される隠し効果がある……ってところか。

少なくともサメ釣りに適した仕掛けはしていなかったのでこの推測に間違いはないはず。

とにかく……釣ったものは釣ったものな訳で、魚拓をとろう。

カシャッと手でカメラのポーズを作りスクリーンショットを撮る。

「おーし！　ピース！」

「ペーン！」

らるくとペックル達が勝利とばかりに胸を張って自己主張をしている。

勝利ポーズって事か……。

「でかいなー……」

「だな。大物だぜ」

釣り上げて確認したのだけどブルーシャークにしてはかなり大きい。

ブルーシャークといっても魔物としてのブルーシャークなので、アオザメではない。

釣り上げたものは更に別種の魔物かと思ったが、名前もブルーシャークだ。

ブルーシャーク『盗賊達の罪人《つみびと》』

妙な二つ名が付いている！

盗賊達の罪人って……魚を横から掻《か》っ攫《さら》おうとしていたからか？

そのブルーシャークなのだけど……全長五メートルもあった。

八メートルいっていたら、かの有名なサメ映画に匹敵する化け物なんだが、そこは残念と見るかどう思うか。

「この港でサーフィンとかしてたらコイツに襲われてたんかね？　絆の嬢ちゃん」

「映画みたいにか？」

らるくも思う事は同じか。

「で、俺がガスボンベをコイツの口に噛《か》ませて銃を撃って爆発だな！」

当たり前の様に主役ポジションを取るらるく……さっきはバリスタで撃ちまくってただろ。

……この港でなんでこんなの釣れるんだろうな。沖で釣れたらまだ納得出来たんだが。

宿代をケチって船に戻っている連中がしきりにこっちを指差している。まあブルーシャークの事でも見てるんだろう。

「てりすてりすー！　面白いもん見れたぞー！」

らるくは早速てりすとチャットか、俺も硝子達にでも報告するか。

チャットで呼び出して硝子、闇影、しぇりる、紡を指定して一斉チャットを行う。

プルル……とやや古い演出でチャットが繋《つな》がった。

……闇影は繋がらないな。

「あ、絆さん。こんな時間にどうしたんですか？」

「ちょっと話がしたくてさ、闇影はどうしたんだ？」

「もう寝てます」

そうか。寝るの早いなアイツ。

「お兄ちゃん。このミカカゲって国のクエスト結構色々とあるみたい。魔物退治とか薬草納品とか沢山あって面白いね！　てりすさんも喜んでたよ」

「日によって変わるシステムみたいで、同じ依頼ばかりがある訳じゃないみたいです。あと、魔物が地味に強いですね。奥に行くには時間がかかりそうな感じがします」

「帰路ノ写本を使うと国外に出ちゃうし移動がかなり面倒だよね」

「……そう」

「武器や道具なんかもビザのランクが高くないと売ってもらえないそうで、道行く他の方々が使い勝手が悪いとおっしゃってますね」

ふむ……新大陸の独自の制度が色々と足かせになる感じか。

「とりあえず行ける所まで行ってお店のチェックをしてみるね。もしかしたら良い装備売ってるかもしれないし！」

こういうシステムは紡の方が合ってるっぽいな。

まずは装備を整えてから戦いやすい魔物を相手にしてレベルを上げていくという訳か。

「闇影さんはカルミラ島で一番良い装備を作っているからか、楽に戦えていますね」

「あの腕輪の性能が物凄《ものすご》く高いからね。闇ちゃんがいなかったらもう少し苦戦していたかもね」

「そう」

まあ……闇影は俺達が考えうる最高の装備を用意して装備させているもんな。

ちなみに現在の俺の頭装備は相変わらずペックルが持っていたサンタ帽子だ。

極めてシュールな姿をしている自覚はある。

「絆さんはどうですか？」

「ヌシとか釣れた？」

ってところでポーン！　っとてりすからのチャット画面が開いた。

会話をしやすい様に硝子達とのチャットと合流させる。

「絆ちゃん！　大物を釣ったんだって⁉」

「てりすさんが凄い勢いでお兄ちゃんに聞いてるねー」

「らるくがてりすにめっちゃ自慢してきたのよー！　あー悔しいぃいい。なんか凄かったって言ってたわよー！」

「ヌシっぽいのが掛かったかと思ったらブルーシャークに横取りされた挙句《あげく》、そのブルーシャークを釣る羽目になった。しかもでかくて妙な二つ名付きのブルーシャークだったかな？」

俺の返答に十秒以上みんなが沈黙する。

「えっと……もう一度聞いて良いですか？」

「だからヌシっぽいのが掛かったと思ったらブルーシャークが乱入してきて、妙な二つ名付きのでかいブルーシャークを釣り上げたって話」

「映画のサメみたいなのが釣れたってらるくが言ってたわよ！」

「それは盛りすぎ。そこまでじゃないから安心してくれ」

らるくの奴……てりす相手に話を盛るなよ。

らるくへ顔を向けると、悪気はないとばかりに親指を立てられたぞ。

「ちょっと離れている間に色々とあったみたいですね」

「あはははは！　お兄ちゃん相変わらず凄《すご》いね。説明されているのに全然わかんない」

紡は笑いが止まらない様だ。

うるさい。こっちだってよくわからないし、なんでそうなったのかすらわからん。

このゲームの制作者は一体何を考えてこんな仕掛けを施したのか理解に苦しむな。

「そう……」

「なんか凄く見に行きたい衝動に駆られるけど、どうしようかな？　ね、硝子さん」

「そうですね。ちょうど休もうと思っていた時にこんな話をされましたし……かといって今から合流するには大分時間もかかると思います」

「てりすは見にいきたーい」

「……今行くとヤミおいてく事になる」

ああ……闇影が寝ちゃってるもんな。

起きるまでに行って戻ってくる、なんて事も出来るとは思うけれど、その分硝子達の睡眠時間をずらすか減らす羽目になる。

先に起きて待つ事になったら闇影も退屈だろう。

ちなみにブルーシャークを即座に解体するかとも思ったけれど、釣り上げた判定があるので一応俺の所有物となっている。

今のところ船のオブジェ判定になって設置しているから……掠《かす》め取られたりする事はない。

こんな家具は嫌だなぁ。

「解体は後にするから明日の朝、闇影を連れてくれば良いんじゃないか？」

「そうですね。ただ……本当、行ったり来たりで忙《せわ》しないですね」

「そう」

「お兄ちゃんの方で面白いイベントが起こりすぎなんだよ」

「あー……どうしててりすはそっちにいなかったのかしら……ジャンケンで負けたのが本気で悔しいわー」

いや、面白いと言われてもな。

俺は普通にヌシを釣りたかっただけだ。

「お兄ちゃんの近くで面白い事が起こらないか見張るのと、新しいマップを探索するならどっちが良いと思う？」

「見張ってどうするんだよ。普段は本当、何も起こらないだろ」

ゲーム開始からしばらくは第一都市にいて、特にイベントもなかったぞ。

空き缶釣ってアルトに渡して金稼いだだけだし。

ニシンのヌシを釣った時は紡や姉さんに見せたしな。

「確かに絆さんと一緒にいた方が変わった出来事に遭遇出来そうな予感はしますが……」

硝子まで言うのかよ。

らるく達もそうだけど俺って皆の中でそういうポジションにいる訳？

「俺は釣りで忙しいの。次に似た様な事があっても面白みなんてないだろ」

俺のディメンションウェーブにおける本来の目的は釣りだ。

そこに釣り場があるから釣っているにすぎない。

「むしろ海だからこそこんな奇想天外な出来事が起こるんだ。川なら大丈夫なはず。今度は川釣りをしよう」

「本当に？」

しぇりるが疑問をぶつけてきた。

「本当か？　絆の嬢ちゃん？」

「絆ちゃん？」

その念押しは自信がなくなるのでやめてくれ。

「……たぶん」

「お兄ちゃんも自信がなくなってきてるんだね」

だから妹よ、いい加減にしろ。

「そっちには川とかないのか？」

「ないですね。今いる所はミカカゲの村なんですけど水が飲める井戸がある程度です」

「あ、井戸っていってもつるべとかないよ。キコキコッてレバーで動かして水が出るタイプ」

「田舎っぽい感じよねー味があるとは思うけど」

俺がフッと思った事を紡とてりすが先に潰《つぶ》しにくる。

くっ……釣り場はないのか。

「絆さんが安心して釣りが出来る場所があれば良いんですけど……」

「お兄ちゃんも難儀だねぇ」

「そう……」

「まあいいや。じゃあ、明日一度合流で良いか」

「ええ、釣り上げたブルーシャークを見せてくださいね」

「てりす、先に見に行っちゃおうかしら」

おい。まあ……てりすは俺よりも年上の社会人だから、夜間の外出も良いのかも知れないけどさ。

なんていうか……らるくと酒盛りとかしてそうなイメージあるし。

「おやすみ、お兄ちゃん」

「……おやすみ」

「ま、楽しみは明日にしておこうかしらね」

そんな訳で硝子達とのチャットを終えた。

「いやー本当、賑《にぎ》やかで良いじゃねえか。ゲームってのはこうじゃなくちゃな」

「まあ……そうだけどさ」

「絆の嬢ちゃんのところはみんな好き勝手やってて良いと思うぜ？　下手《へた》な大手だと効率主義が行きすぎて居心地悪くなったりするもんだしよ。好き勝手を許してくれる場所ってのは大事なもんよ」

らるくが言わんとしている事を理解出来ないほど俺も経験不足ではない。

ただ、俺のプレイスタイルは……大手じゃ許されないだろうなぁ。

「らるくは大手のギルドとかに行くと思ってたよ」

「まだギルドシステムが出来てそんな日が経《た》ってねえけど、そうだな。大手と今言われてるところには声を掛けられてたぜ」

やっぱりそうなんだな。らるくもなんだかんだディメンションウェーブイベントの成績は上位だし有名なプレイヤーなのだろう。

「数は力になるってのは確かだけどな。多ければそれだけ面倒事も増えるし疲れる。絆の嬢ちゃんのところは少人数でよくやってると思うぜ。みんな有名人揃《ぞろ》いじゃねえか」

そんなにも俺達は有名になってしまったのか。

まあ……島主パーティーとか言われるし、俺もさっき釣りマスターとか呼ばれてた。

コレまでの戦績から考えたら有名なのは当たり前か。

「絆の嬢ちゃんは自分のギルドを大手にする気はねえのか？」

「んー……俺の方針が釣りだし、大手ギルドは荷が重い。今は勝ってるけどいずれは追い抜かれると覚悟してるさ」

みんな好きに……エンジョイが俺達の信条で、ゲームで勝ち上がりたいって訳ではない。

「ま、どうやらこのゲームは戦いだけが全てじゃねえみたいだし、案外そのスタンスで楽しんでいればゲーム終了までトップでいられるかもしれねえな」

そうであってほしいもんだな、とは俺も思う。

「らるく達のクエストを求めるプレイスタイルもさ、世界観を知るには重要な話とか知れるからクエストを楽しもうってのは良いと思うぞ。ゲームによっては世界観なんてオマケ程度になっていくのだってあるし」

「はは、それは間違いねえな」

「正直、俺はそのあたり全くやってないからこのゲームの世界設定とか街のNPCがどんな設定で過ごしてるのか知らないんだ。どんな感じ?」

又聞《またぎ》きで世界観を聞くのってどうなんだろ知りたきゃ自力で調べろって話だけどさ。これくらい聞いても良いだろう。

「あー……今のところ散見するのはどこそこで事件が起こってるーとか欲しいアイテムがあるとか、お使いクエストが大半だな。メインクエストってなると波って脅威に対して人々が怯《おび》えてるから備えようって話ばかりだぜ」

そこらへんは世界観に沿ったものか。

「より細かいところを掘っていくと設定的に過去に波が起こる様になったのは二回ほどあるんだと、その時は勇者って呼ばれる十二人の連中と力を合わせて沈めたって話だぜ」

「ふーん……ブレイブペックルとか?」

アレはペックルの勇者みたいだけどさ。

「どうだろうな? どうも十二の勇者にちなんだ何かがあるっぽい事までは掴《つか》んでるぜ」

「今後のアップデートで何か出てくるって事だな。NPCとか武器とかで」

「かもしれないな。まあ、なんだかんだこのゲームの世界の核心にまで繋《つな》がる様な進展はしてないぜ」

まだまだ参加者を楽しませるイベントが目白押しで目玉のクエストはそこまで進まないって段階なのか。

一応、ディメンションウェーブは全員参加型のイベントだろうけどそれ以外はみんな好き勝手やってるんだもんな。

らるく達は色々とクエストをやってるから世界観の理解は深いんだなぁ。

「ま、結局依頼の受注出来る所を見つけたとしても話を進めたり請《う》けたりするには必要なスキルなんかもあるみたいだから全部を回るのは難しいみたいだけどよ」

「難儀なシステム搭載してるよな。このゲーム」

「全くだ。しかもこうしてとんでもない仕掛けまであって、本当飽きさせねえ作りをしてるぜ」

と、らるくが俺の釣り上げたブルーシャークを親指で指差して笑う。

「とにかく、絆の嬢ちゃんは好きにやってくれて良いと俺は思ってるぜ」

「ありがとう。ただなー……俺も硝子達と一緒にいろんな所に行きたいって気持ちもあるんだ」

釣りも良いけれど硝子達と良い感じに付き合いが出来ないかを考えないとな。

今までは一緒にいると都合がよかったから一緒にいたけれど、俺の釣りライフと硝子達の冒険心との歯車が微妙に噛《か》み合わなくなってしまっている。

本音を言えば新大陸に興味もあるが、釣り場にも興味が尽きない。

そもそも海も場所によって釣れる魚が異なる訳だし、出てくる魔物なんかも違う。

「一体どうしたら良いのだろう」

「何か解決策が見つかりゃ良いけどな。絆の嬢ちゃんが釣りをしつつ冒険、文字通りずっと船旅だったら良かったんだけどな」

「さすがにそこまで思い通りにはならないもんだな」

釣りが出来て硝子達と狩りも出来る……そんな良いとこ取りの良い案がないか考えておこう。

「さてと……俺もそろそろ寝ておくか」

「おう。俺はちょっとてりすやフレンドとチャットしてから寝るぜ。おやすみ」

フィーバールアーのお陰で本日の釣果《ちょうか》は上々だった。

このゲームの魚を是非ともコンプリートしたいものだ。

と、思いながら俺は船の寝室で眠る事にしたのだった。

†

翌日。

「これは凄《すご》いでござるなー！」

闇影が船のオブジェと化したブルーシャーク『盗賊達の罪人』を見て言う。

「話は聞いていたけど、本当凄いわねー本当、サメ映画みたいよ」

てりすもブルーシャークの口をまじまじと観察しながら声を上げる。

「あ、でも絆ちゃん。白鯨《はくげい》を釣ったりしてるんだし、今更じゃない？」

「あの時並に引きは強かったな」

思えば次元ノ白鯨を釣った時も相当手こずった。

まあ、アレは特殊ギミックで攻撃のチャンスを増やすって感じだったけど。

「ブルーシャークにしては大きいねーボス魔物みたいな感じ」

妹も同様な感想でむしろ戦いたかったって感じだ。

「是非とも釣る瞬間に立ち会いたかったとは思いますが……」

「タイミングが悪かったね」

「どうよ！」

らるくが我が事の様にみんなにブルーシャークを見せつける。

釣ったのは俺だ。

「俺もまさかこんな漁港でこんなの釣れるなんて思いもしなかったっての」

「それで、これがヌシって事になるの？　お兄ちゃん」

「どうだろう……」

攻略サイトや検証する奴がいる訳じゃないからなぁ。

「なんていうか俺の勘だとこの港のヌシとかじゃなく、ランダムで発生する凶悪な遭遇ボスみたいな奴だったんじゃないかって思う」

「あー……ありえるね。よく初見で釣り上げられたね」

「そこはー……まあ、カルミラ島で得た物資や、らるくの手伝い、ペックル達を駆使してどうにかかね」

現に釣り上げるのは中々骨だったし。

「この様な出来事が発生する事を考えると、ただ釣りをして技能を習得していくだけでは限界が来るのではないでしょうか？」

ありえる……思えば初期から魔物にカテゴリーすべき魚がチラホラ釣れる事はあった。

何より、釣竿《つりざお》で魔物と戦う事を想定したスキルなんかも出現する訳だし……釣り技能に特化するだけでは対応出来ない事態が起こっても何の不思議もない。

「そう」

しぇりるがコクリと頷《うなず》き、小首を傾げながら何やら俺にアイテムを渡してきた。

アイテム名はエレクトロモーター。

エレクトロモーター
アタッチメントパーツ　モーターを使用する道具に雷属性の力を宿す。

「なんだコレ？」

「リール……電気ショック漁法」

「それってビリ漁の事を言っているのか？」

「……そう」

「何それ？」

「おいおい。違法行為じゃねえか？　大丈夫なのか？」

さすがにらるくも知っている様で眉を寄せてる。

「魚を電気ショックで痺《しび》れさせて釣り上げる日本じゃ原則的に禁止されている漁法だ」

「ああ、川でスタンガンを沈めてバチッてするやつ？」

「……それも該当するだろうな。邪道だから俺はやりたくないと思っているが……」

「魔物を釣るなら相応の準備が必要」

しぇりるの言葉にぐうの音《ね》も出ない。

確かに、今後魔物を釣るって事態になった際、既存の釣り具では限界が来ないとは言い切れない。

釣竿《つりざお》やリールにそういった相手を想定した仕掛けを施さねばいけない状況も出てくるかもしれない。

そもそも……釣っている最中に魚に攻撃をするのは昔から行われている事だしな。

「闇影ちゃん。私達も海で雷魔法を放ったら魚が捕れるかしらね？」

「出来たら嫌でござるよ……」

てりすが闇影に聞いてる。楽に魚を捕る方法とかありそうなのが嫌らしいな。このゲームって結構自由度高いからなぁ。

ヌシ相手に攻撃が認められてるくらいだし。

「で、しぇりる。このパーツをどうしろと？」

「ロミナ、作ってもらえる」

「ああ、鍛冶《かじ》で釣竿や電動リールの改造に使えと」

コクリとしぇりるが頷《うなず》いた。

「中々釣りをするのも大変なんですね」

「そうみたいなんだよなぁ……」

問題は経験値とかは釣りで得られる訳じゃない事なんだけどさ。

「それで絆さん、解体をするのですか？」

「うん。皆に一度見てもらってからと思って待ってただけ」

皆と合流するまで朝起きてから相変わらず釣りをしていた。

釣果《ちょうか》は上々……ヌシが他にいるかもしれないから離れるに離れられないのが難点か。

「大分解体に関しては広まっているみたいですね。解体技能持ちはパーティーに一人はいるのが主流になりつつあるそうです」

「一応、街とかで解体専門で店を開いている人もいるみたいだよ」

「じゃあ専門家に任せた方が良い感じ？」

「なーに言ってんのお兄ちゃん。お兄ちゃんが、解体のトッププレイヤーだよ？」

「だな。絆の嬢ちゃんはよくわかってねえみたいだけど、そこは他の連中より腕はあるぜ」

「てりすも料理してるけど解体は絆ちゃんの方が技能高めよねー」

そうかー？　釣り三昧《ざんまい》でカルミラ島でも好き勝手釣りをしていた俺がトップとか怪しさ抜群だぞ。

「絆さんは解体武器を結構揃《そろ》えていますし、経験も豊富な方なので私達はお店に任せる事はしませんよ」

「でござる」

「……そう」

「了解、期待に応えられる様にこのあたりも強化していくよ」

今のところは硝子達が狩りをしてきた獲物を俺が解体していくって事で良いのか？

魔物の場合はその場で捌《さば》かないとアイテム欄に入らないのもあるから微妙なラインだ。

大型の魔物ほど、その傾向が強い。

解体技能の難点だなぁ。

「じゃあ早速捌いていきますか」

って事で俺は勇魚《いさな》ノ太刀《たち》を取り出してブルーシャーク『盗賊達の罪人』の解体を行う。

……念のため、出来る限りの解体マスタリーを引き上げて行おう。

今まで結構解体をしていたお陰か解体マスタリーをⅦまで上げる事が出来た。普段はエネルギーとの兼ね合いでレベルを下げてるけど一時的に引き上げるのは悪い手じゃない。

解体をするとミニゲームみたいに切るべき箇所がわかって、そこをなぞる様にやっていくんだよな。

結構これがゲーム的というかシステム的なアシストがあってサクサク進む。

まあ、大分慣れているから難易度が高くても特にミスなく解体が出来る様になった。

最初にニシンを捌いた時と今は腕に違いが出るな。

ただ……うん。このブルーシャーク『盗賊達の罪人』はかなり解体難易度が高い。ロミナが鍛冶《かじ》に失敗した時と同じくらいの難易度の高さがうかがえる。

勇魚ノ太刀やケルベロスローターじゃ大分、性能が負けている事がわかる。

何度も刃を通さないと切れない。

解体武器もそろそろ更新していかねばならないか。

「あっという間にあの大きなブルーシャークが捌かれて素材になっていくでござる」

「絆さんも中々やりますよね」

「解体技能が上がったからだよ」

なんて言いながら解体を終える。

おお、頭部を派手に切る事が出来たなぁ。

上手くすればトロフィーに加工出来るみたいだけど、素材優先なので断念する。

盗賊罪鮫《とうぞくざいこう》の牙《きば》、盗賊罪鮫のヒレ、盗賊罪鮫の胸びれ、盗賊罪鮫のサメ肌、盗賊罪鮫の切り身、盗賊罪鮫の筋肉、盗賊罪鮫の軟骨、盗賊罪鮫の心臓、盗賊罪鮫の胃袋……っと、盗賊罪鮫○○という品々が解体で入手出来た。

レアリティが高いのか文字が光っている。

な。


「よーし、終了っと」

「おー……こりゃあ中々のレアもんだな」

「らるくらるくーガオー」

てりすが解体したブルーシャークの牙《きば》を上下に持ってらるくを威嚇《いかく》してる。

この人、ギャルっぽいのに営業スマイルも出来て子供っぽくもなるって変幻自在だよな。

色が変わるアレキサンドライトを意識した晶人種族設定にぴったりな人だ。

「お兄ちゃん。ロミナさんの所に持って行って新しい装備を作ってもらうのはどうかな？」

「良いとは思うが何を作ってもらうんだ？　新大陸の武具も確認したいんだろ？」

「そこなんだよねー……正直出来る事が多すぎるし、まだまだ手探りな感じだし、作ってもらっても店売りでもっと優秀なのがあったらなぁ……」

「ですね……」

「新しい装備を入手するまでのつなぎに使うのはどうなのでござるか？」

「それも手ですね。そもそもロミナさんなら変わった素材を持って行けば喜んでくださるかと思います」

確かに、ロミナは面白い素材を打つ事を喜んでいた。

作業的に見慣れた素材を叩《たた》くのとは別に楽しんでもらえるだろう。

「そもそも白鯨《はくげい》素材でもまだ武器を作ってもらってないし……」

「技能が追いついてないってロミナさんが頑張ってらっしゃいますものね」

「立て続けに変わった素材を絆殿が持って来るからでござるよ」

「そう」

「ま、さすがに俺達に作ってくれとかは頼めねえよなー」

「ねー絆ちゃんのお手柄な素材なんだしね」

「わかってるけどさ……」

ってところでコール音が響いた。

誰だ？　そう思って確認するとアルトからのチャットだった。

「今、アルトからチャットが来たな」

「そのようですね」

「じゃ、出る」

許可を押してアルトとチャットを繋《つな》ぐ。

「ああ絆くん。新大陸に向かって早々悪いのだけど、ちょっとお願いしたい案件がある。出来れば来てくれないかい？」

「何かあったのか？」

「僕だけでどうにか出来る案件でもあるとは思うのだけど、こういった事は絆くんにも話した方が良いと思ってね」

「で、なんだ？」

「カルミラ島の領主だからこそ発生するクエスト……かな？　それとアップデートによる更なる拡張要素とか色々と発見があった感じだよ」

「わかった。じゃあみんなで行く」

「いや、絆くんだけで良いよ。せっかくの新大陸じゃないか。どうせ絆くんの事だし、港でずっと釣りをしていたんだろ？」

「正解です」

「そうだぜ！」

「見所逃しちゃったわー」

「そう」

「お兄ちゃん、港で釣れる魚のコンプリートを狙ってるよ」

「相変わらずでござるよ」

外野が肯定してきた。

良いじゃないか！　それが俺のプレイスタイルなんだから！

「絆さんだけで良いのですか？」

「一応ね。硝子くんたちはむしろ新大陸の調査をお願いしたい。もちろん、こちらの用事が終わったら絆くんとはすぐに合流してもらって良い」

「二手に分かれろって事か……」

「元より二手だったでござる」

闇影、うるさい。俺だってみんなに合わせて狩りはしたい。

けれど色々と検証したい事もあるんだからしょうがないだろ。

「立て続けにクエストが起こって対応しきれないわね」

「領主クエストか……てりす、どうする？」

クエスト関連に敏感ならるく達が気にしている。

「どうしようかしら……」

「じゃあ、とりあえずアルトとロミナに報告がてら俺がカルミラ島に一旦戻る事にするか」

「絆さんがそれでよろしいのでしたら……」

まあ、どうにかして硝子達と楽しくゲームをする方法をそろそろ考えていかねばならないのも事実だ。

別行動で漁師をし続けるのも良いけどさ。

何か方法はないかの模索も俺はすべきなんだろう。未開の釣り場が俺を求めているんだ。

「らるく達はどうするか決まった？」

「うー……ん。本気で悩むわよね。絆ちゃんの方が面白い事ありそうだけど知らない所のクエストを探すのを硝子ちゃん達に任せるのもね」

「あ、硝子の嬢ちゃん達、気を悪くしたら謝るな。人の手もあるし、自分の足で調べられない事の悩みみたいなもんなんだ」

「気にしてないので大丈夫ですよ」

調査漏《も》れを気にするのはわかる。

俺も他のゲームとかやる際にイベント一覧に抜けがあったり大事なイベントの取り残しとかあったりすると悔しい。

何より、釣りが出来る所の魚は網羅したいって気持ちは俺もある。

「らるく、硝子ちゃん達は完全に別行動をするみたいだし、絆ちゃんだけ行かせたら悪いからてりす達が一緒に行きましょうよ」

「わかったぜ。島の方にいるフレンドとも情報交換したかったしな」

「じゃ、ミカカゲ国で良さそうな狩り場とか釣り場が見つかったら教えてくれ。俺は色々と釣り場も探索をしているから」

カルミラ島や船での戦闘ならペックルさえ呼べばどうにかなる場合も多い。

強すぎる魔物なんかに遭遇したら逃げれば良いし。

幸い、しぇりるが改造したペックルを使った海賊船はかなりスピードが出るからミカカゲに来るまでの航路で苦戦する様な相手には遭遇していない。

何より……カルミラ島には一瞬で帰れる。

「わかりました。毎日報告はしますから絆さんも返事をしてくださいね」

「当然。よさそうな装備品が出来たら報告するよ」

「それじゃよろしく頼むよ。絆くん」

って事でらるく達と俺はカルミラ島に帰る羽目になったのだった。

二話　水族館建設

早速カルミラ島に到着した俺達は城に向かう。

港は相変わらず活気づいているな……あ、なんか図書館に列が出来ている様な？

「何の列かしら？」

「ちょっと気になるな。絆の嬢ちゃん、聞いてきて良いか？」

「良いけどアルトやロミナに聞いた方が早そうじゃない？」

「それもそうか、何より島主じゃないと出来ないクエストが気になるからそっちを優先すっか」

「カルミラ島にも色々と新要素が出てきてるのねー」

新大陸に向かう連中もいるが、アップデートで色々と解放されたカルミラ島を堪能しているプレイヤーもまだまだ多いんだろう。

ギルドメンバー区域で待機していたアルトに俺達は挨拶をする。

「それで俺が必要な、やらなきゃいけないクエストってなんだ？」

「ああ、まずは玉座に腰かけてくれたまえ」

「あんまりここに座るのは好きじゃないんだけどなー……」

「絆ちゃんが島主だもんね！」

「立場としては正しいんじゃねえの？　ゲームの中だけどよ」

アルトの指示で玉座に座る。

するとシステムメッセージに領主として出来る事の一覧が表示されるのだが、その中にクエストも表示されているのがわかる。

で、アルトがクエスト項目の中の一つをチェックさせる。

「魚の大規模発注？」

「そう。第一都市と第二都市からの依頼でね。このまま僕達が何もしないでいると、第一都市と第二都市の魚料理店や名産品とかが品切れになってペナルティが発生するクエストが起こってるんだ」

「そりゃあ……随分と変わったクエストだな」

「おー達成しないとペナルティとか厄介なクエストがあるんだな」

「上に立つ者の務めってやつ？　絆ちゃん大変ねー」

他人事みたいに言ってくれる。無視したら他のプレイヤーに迷惑が掛かるやつかよ。

「王様プレイって事なんじゃないかな？　国民、プレイヤー達の食糧供給補助って名目のさ」

どんだけいろんなクエストがあるんだよ。

「……名目上はカルミラ島の漁業クエストって事か」

「うん。納品クエストで、必要量はこんな感じ」

そう言われ提示されたのは途方もない量のニシンやイワシなんかの発注数だ。

トン単位での発注って……一プレイヤーじゃ無理なクエストだぞ。

「面倒なら一般プレイヤーにも参加を募れるよ。報酬の支払いが発生するけどね。税収で賄《まかな》えるから大丈夫だけど」

「なるほど……」

釣り好きな俺からすると毎日釣りをし続けられる良いクエストって事だ。

あ、納品する魚の種類が色々とあるみたいだ。

食糧問題を解決するだけならニシンやイワシの納品だけで済むけど他の事もしておくとNPCからの税収も出来る様になるっぽい？

一般プレイヤーにも恩恵が得られるのか。なんかカニの納品を終えると新装備の解放とかもあるみたいだし。

悪いクエストではないな。

「面倒な方のクエストっぽいしよ。絆の嬢ちゃん達で解決出来るならやった方がよさそうな感じだな」

「解決策があるから悪くはないね。あとはこの島では水族館の建設をさせているところだね」

「水族館？」

「そう。どうやら魚を寄贈する事が出来るコレクション要素のある施設の様だよ。淡水海水、奇抜な魚をはじめ、なんでもＯＫって感じ」

それは良いな。

今までただ釣っていただけだけど、新しい使い道が得られるなら非常に悪くない。

「絆ちゃん好みのクエストね」

「魚を全部コンプリートとか夢が広がるぞ」

「そう言うだろうと思っていたよ。まだ施設は小さいしプレオープン状態にしているけれど、寄贈数で施設の大きさも変わるみたいだね。それとヌシなんかを釣ったプレイヤーを登録出来て、ヌシの情報を紹介出来るらしいよ」

あ、じゃあヌシを釣って解体しても実績として残っている訳ね。

それは非常に助かる。

「釣れる場所なんかも表示されて、図鑑代わりにもなるし、絆くんも魚の情報を仕入れたいと思うんじゃないかな？　個人で検証するのにも限界があるでしょ？」

「あー……昨日の作業を見てたらわかるぜ。手探りでやる根気強さはすげーと思ったぜ」

らるくが感心して見てたもんな。

情報を入手出来るなら確かにあると嬉《うれ》しいかもしれない。

「攻略サイトって訳じゃないがそういった設備があるなら欲しい」

「カルミラ島のクエストはこんな感じで色々と増えている段階なんだ。だから来てもらった訳」

「なるほどな……」

「俺達も手伝うぜ。面白そうだし」

「ねー」

らるくとてりすに手伝ってもらえるなら楽になるだろうな。

「ちなみに水族館へ魚を寄贈すると特別なコインが貰《もら》えて、良い装備やアイテム、釣り具なんかと交換出来るってシステムまであるみたいだよ。開けば他の釣り人達が手伝ってくれるんじゃない？　擬似的な釣り人ギルドだね」

色々とコレクター魂を刺激するシステムが内包されたゲームだ。

「アルトとしては俺にどう動いてほしいんだ？」

「そうだね……漁業関連のクエストに関して確認してもらいたかったってところだね。それと絆くん。ロミナくんの鍛冶《かじ》に関してなんだけど、技能を向上するには色々と種類を増やしていく方向になってきたらしい」

「剣とか槍《やり》とか、作れるやつを一つでも多く作っていく感じか？」

「その通り。どうも作製系の技能では数の経験値以外に種類の経験もこれから必要になるみたいだ」

「じゃあ今から細工を覚えようと頑張る場合、いろんな種類の宝石を細工していけば良い感じなのね？」

そういえばてりすは細工を覚えたいみたいな事を言ってたな。

「アルトさんや絆ちゃん。宝石とかそのあたりの確保とかもしてくれるの？」

「ロミナくんの所に預けてあるから宝石とかの細工をしたいなら工房に行けば出来るはずだよ。てりすくん。やるかい？」

「そうねーてりすもちょっと技能上げしておこうかしら。もちろん絆ちゃん達が硝子ちゃんと合流するまでだけどね」

「んじゃクエスト攻略は俺が手伝うぜ」

てりすは細工作業をしてらるくが俺の手伝いね。

「釣り特化の君の場合は……？」

「数と種類、両方必要になるかもしれないか……」

アレだ。十種類の魚を釣り上げるとかが次の技能上昇条件とかになっていく的な事をアルトは言いたいのだろう。

「漁をすれば相応に経験……熟練度や次のマスタリーの上昇を早めやすいし、種類も増やせる」

「もし絆くんが釣り以外でしたい事が見つかったとかなら無理にクエストを進めなくても良いよ。どうする？　僕が全部勝手にやっておこうか？　適当に人を雇ってペックルと漁に行かせるだけでもある程度はどうにか出来ると思うよ」

本来ディメンションウェーブは釣りゲームではない。

セカンドライフプロジェクトと言って第二の人生を楽しむゲームだ。

戦闘を楽しむのも良いし冒険を楽しむのも良い。らるく達みたいに世界観を知るためにクエストをやっていったり、細工を覚えたりも出来る。

けれど、俺のプレイスタイルは釣りで、その延長線上に漁船による漁が追加されている状態だ。

俺にとっての釣りとは何処《どこ》までの事を指している？

釣竿《つりざお》を垂らして魚を釣る事だけか？　確かにそれも間違いではない。

だが、素潜りなんかも俺はカルミラ島でやったし、貝採りとかも楽しんでいる。

海産物全般を寛容に認めているのは事実だ。

鮫《さめ》捕《ど》りも……俺にとっては釣りだし、白鯨《はくげい》を釣った時なんか凄《すご》く楽しめた。

邪道と思う面もあるが、これもまた一つのライフスタイルでもある。

しぇりるの海女プレイで得た貝とかも美味《おい》しかったしなぁ。

解釈を広げた方がより楽しめる様な気もする。

魚釣りも狩猟の一つ。

うん……狩猟なんだよな。漁船で海に出て安定した魚の供給を行うのも、狩猟だ。

そして……硝子達と一緒に冒険を楽しみたい俺もいる。けれど、硝子達との冒険を優先すると釣りが蔑《ないがし》ろになってしまう。

「しばらくは俺もやらなきゃいけない案件だと思う。釣りも好きだし、水族館を一人でコンプリートしたい欲求もある。ただ、アルト……俺は硝子達とも冒険を楽しみたい」

「わかっているさ。ついでに絆くんには見てもらおうと思った品があってね。これもアップデートで作れる様になった品みたいなのだけど……きっと君なら使いこなせるんじゃない？　市場で売り出されていたんだけどさ」

そう言ってアルトは俺に一つのアイテムを見せる。

「こ、これは――」

「なるほど、ちょっと面白くなってきたじゃねえか」

「らるく、これ何？」

「ああ、これはアレだ。確かに絆の嬢ちゃんの要望を叶《かな》えるのに最適だぜ。釣りではなく漁になるけどよ」

それを見て俺は、現在直面している問題を解決するヒントを得る事になったのだった。

†

「僅《わず》か数日でまた奇妙な素材を持って来たね……」

ロミナの工房に行き、ブルーシャーク『盗賊達の罪人』の素材を見せるとロミナが苦笑いを浮かべた。

「それじゃロミナちゃーん。てりすは宝石をピカピカのアクセサリーにする作業に入るから気にせずやっててー」

「頑張れよー！　てりすー！」

てりすは早速工房の奥で細工の技能上げに入った。

「何かに使えそうか？」

「この前の失敗を教訓にこっちも技能上昇にかなり力を入れているからね。白鯨《はくげい》素材は加工するのに必要な手順が多くてまだ難しいけれど、こっちはそのあたりがシンプルな分だけ、難易度は高くてもすぐに着手出来そうだよ」

「そうか。何が作れるんだ？」

「どうもユニーク品扱いで作れる品は限られている様だね。牙《きば》なんかだと……うん。釣竿《つりざお》は無理だけど解体武器が作れるよ。それ以外だと刃物だね」

「いきなり新装備かー良いねー羨《うらや》ましいぜ」

「扇子や鎌とか銛《もり》は？」

硝子達が使えそうな武器が作れないかロミナに尋ねるが、ロミナは首を横に振る。

「お？　俺や紡の嬢ちゃんに作る流れか？　そんなすぐに持ち替えなくても良いと思うけどな」

「鎌とかありそう。技能不足だから何となくかもしれないが……短剣とか試作してみて良いかい？　最近は作ってみないと詳細がわからないんだ」

となると紡からるくの武器をお願いする形になるのか？

「短剣かー……誰か持ち替える奴がいないか後で聞くとして作ってみてくれ」

「了解、ちょっと待ってて」

ロミナは俺が持って来た素材を使って鍛冶《かじ》を始める。

ガンガンと何度も素材を叩《たた》いていき、徐々に形にしていく。

制作時間は多少かかるとの事で俺はその間、カルミラ島の港にある市場を一巡し、今後必要になる物資の調達を行った。

そうして帰って来るとロミナが手招きして出迎える。

チャット？　内緒話って事か？　他のプレイヤーに盗み聞きされたくない様だ。

「内緒で話をしたいみたいだけど、どうしたんだ？」

「なんかやべーの出来たらしいぜ。マジで凄《すご》い獲物だったみたいだな。あのサメ」

らるくが我が事の様に報告してくる。作業工程を見てた様だけど、そんな凄いのが出来たのか。

「やっぱり絆くんが持って来る代物は個性的なものが多いね。感心するよ」

「それは聞き飽きた。というか最近じゃ解体が知れ渡って俺以外でも似た様な素材を持って来る奴がいるだろ」

「そうではあるけど、この素材は絆くんが初なんだから聞いてくれても良いだろう」

「わかったわかった。で、何なんだ？」

「うん。短剣を作ってわかったのは、攻撃力も中々優秀で、付与効果にオートスティールが付いてる。戦闘中に相手からアイテムを盗める場合があるよ」

あー……あるな。そういったスキルとか、オンラインゲームで聞いた事がある。

通常攻撃で10％くらいの確率で盗む技が発動して相手からアイテムを入手するとかそういったスキル。

ぶんどるとか色々と呼び名があるやつだ。

「技能で習得するやつにありそうだな」

「あるぜ？　短剣とか軽めの武器のマスタリーを上げていくと出るって話だ」

「それが武器に入っているのか……」

「特化の人に比べたら劣るだろうけど、付与効果にある武器が出てくると泣けてくるかもしれないね」

「地味に金策にも使えるから悪くねえ装備になりそうだな。俺も一本欲しいが……絆の嬢ちゃんが先で良いと思う」

「そうなのか？　鎌を作ってらるくと紡あたりでシェアしても良いと思うけど」

「鎌は振りが大ぶりだけど広範囲って武器種でな、オートスティールって手数が売りの武器の方が相性良いだろうし、何より絆の嬢ちゃんの得物を強化した方がこの先楽になりそうじゃねえか」

　硝子の嬢ちゃんもそう提案すると思うぜ？　ってらるくは俺用に作る事を提案してくる。

「細工の素材に使うとかは？　そっちはそれで強力なの作れそうじゃない？」

「いやーん。絆ちゃん、てりすの技能じゃその素材難しくて無理だし、こういう時は武器が良いわよ」

「今のところ、希少素材だからね。余ったらアクセサリーに回すくらいで良いと思う」

「ロミナちゃん、アクセサリー作りの技能も持ってて凄いわー尊敬しちゃうわね」

「はは……そんなてりすさんも私が手ほどきや協力をしてサクサク技能を上げられる様に

手伝うよ」

「ありがとー！　持つべき者は友達よねー！　みんな良い子でてりす感謝感激よー」

うーん。てりすがこう……若かりし頃の口調って感じのしゃべりでロミナと親しげに話している。

やっぱりあの口調は苦手だな……接客モードの敬語口調の方が話しやすいな。

「今回の素材は難易度が高いが、どうにか今の私にも作れる。とりあえず絆くんに解体武器を支給する意味で作るのが良いかな」

「らるく達の意見もあるし、わかったよ」

素材の癖なのだからしょうがない。釣竿《つりざお》は釣り具であって武器じゃないし。

解体も俺の特技だ。

「まだ素材に少し余裕はあるから必要になったらもう一本くらいなら作れる。その時に何を作るか決めれば良いさ」

「わかった」

「今回作る解体包丁は青鮫《あおざめ》の冷凍包丁〈盗賊達の罪人〉だね」

「なんて言うか……微妙に恥ずかしい武器名だな」

何その奇妙な名前は。

「世露死区！　ってやつだな！　わかるぜー。俺も若い頃には色々とやったからよ。盗賊達の罪人ってチーム名っぽいじゃねえか。漁港ロラ盗賊達の罪人ズって感じだな！」

らるくのせいであのブルーシャークが脳内で地元のチンピラ化してしまったぞ。

変わったヌシなのか、雑魚《ざこ》なのかよくわかんないぞ。

「ブルーシャーク素材の解体包丁が青鮫の冷凍包丁で、そこに謎の銘が付くんだよ。それだけで似ているけど全くの別モノってくらい性能が高いんだよ？」

ロミナがらるくを無視して説明を続ける……雰囲気的には似た武器があって、それと見た目がそっくりだけど中身がまるで違う武器って事か。

モンスターをハンティングするゲームで似たものを見た覚えがある。エンドコンテンツ用の武器で紡と姉さんが粘っていたっけ。

偽装というか目立たない様に使うには良いのかもしれない。

あくまでこの武器の入手方法が少ないのならばだけど。

「確か絆くんはアイアンガラスキを持っていたよね。それを素材に使うから出してくれると助かる」

「これも必要なのか」

料理用の包丁って感じで今は使っていたアイアンガラスキを使うのか。

ちなみに俺が持っているアイアンガラスキは正規品だ。空き缶産の粗悪品ではない。

「素材の節約にもなるし、鍛冶《かじ》をして検証をしていると、使い込んだ武器を素材にすると良いのが出来る事がわかってきたんだ」

へぇ……そんな隠れた効果がねぇ。

長年愛用している道具が生まれ変わった際に、それまでより良くなるってのは確かにロマンかもしれない。

「長く使った相棒がパワーアップとか良いよな。俺も相棒の強化をしていくのは好きだぜ」

「ま、アップデートの影響で強化が追加されているからついでに施しておくよ」

「頼む」

アップデートで新たに追加された項目に、鍛冶《かじ》関連で強化が追加されている。

追加されたのは精錬だな。運よく良い品が作れると＋1とか2とか付くのだけど、それ以外に（1）と付けられる。

安全圏として（5）までは付けられるのだけど（6）や（7）になると失敗判定があって、失敗すると武器が消失してしまうというオンラインゲームでつきものの厄介なアレだ。

しかも失敗判定を乗り越えて強化するとキラキラと光沢を宿す仕様で、挑戦欲求を激しく刺激する。

紡の読みだと（7）～（8）あたりが無難な強化で落ち着くだろうとの話だ。

一応島を出る前にみんな揃《そろ》って安全圏の（5）まで強化してもらったっけ。

「過剰もロマンだよなー」

「長年の相棒を過剰で折ったら散々じゃね？」

「愛用の武器を過剰して折るのは確かに締まらねえなー愛着のない奴がやりそうだな。愛用の武器だと補正があって成功率上がったりしねえの？」

「まだ検証はそこまでされてないみたいだね。まあ……失敗時の鉄くずからもう一度新たに作るとかも出来るからある意味、相棒は生き続けているって事になるのではないかい？」

確かに良い落とし所だとは思うけど、それもどうなんだろうか？

という訳でアイアンガラスキも渡して完成を待つ事に。

「そういえばロミナ、なんか島の図書館に列が出来ているがアレは何？」

島を回った際に見たのだが、図書館に列が出来ていた。

そんなに島の歴史とか蔵書にみんな興味があるのだろうかと首を傾げたのだ。

「俺も気になったな。何なんだあれ？」

「ああ……アレはメモリアルダンジョンへの入場列だよ」

「メモリアルダンジョン？」

「うん。絆くんがこの島を入手した時のイベントを追体験出来る、リミテッドディメンシヨンウェーブの再現クエスト」

「ほーみんなで遊べるってやつか、そういうところしっかりしてんだな」

そんなイベントまであるのか。

「絆くん達が旅立って数時間後かな？　クエストが出たって口コミで島中に広がった後、腕試しにみんな挑戦して……失敗する人がかなり多くて騒ぎになりつつクリア方法の考案をしてたよ。曰《いわ》く、『一発でこれをクリア出来た島主パーティーはおかしい』そうだよ」

おかしいって言われてもな。成り行きでクリアは出来るだろう。

「絆の嬢ちゃん。中々のゲーマーなんだな」

「成り行きでやっていけば出来るもんだったぞ？　こう……ループするマップのつなぎ目とか、船長室での露骨なヒントとかを拾っていけばさ」

そんな難しいクエストじゃなかったし。

「アルトくんが情報料を請求してクリア方法を売っていたのだけどね」

アイツはそういう事しか出来ないんだろうか。

さすがは死の商人。金になるものなら何でも売る奴。

カルミラ島の税収がありながらまだ金を欲するその貪欲さは感心するしかない。

しかも俺に黙っているという恐ろしさ。

「死の商人の本領発揮だな。相当恨み買ってるから感心しねえけどよ。あとで俺もクエストやるかね。絆の嬢ちゃん達はプレイ済みだから他のフレンドと」

「本来はそこで沈静化すると思っていたんだよ。挑戦したパーティーの一つがボスドロップに強力な片手剣が手に入ると話していてね。なんと今までの武器の倍の威力を持った強力な武器のお出ましさ」

ああ……あるな、そういった代物。

でもドロップ率０・１％とかでしょう？　ありがちありがち。

「新大陸では簡単に武器が入手出来ないし、出てくる魔物から作った武器もカルミラ島の通常ダンジョンで入手出来る武器に毛が生えた程度。揃《そろ》ってボスドロップ狙いに挑戦者が集まっているって訳さ」

うん。オンラインゲームあるあるだなぁ。

「ほーそりゃすげえ。けど……まだアプデしてそんな日が経《た》ってねえんだからもっと上の武器を見越して色々としていった方がよくねえか？」

らるくの意見ももっともだ。俺だったらこんな所でドロップ狙いで張り付く暇があったら新しい釣り場で釣りをしているぞ。

現にそのお陰で中々の武器を作ってもらえるんだし。

「しかもね。このボスドロップ……強化発展するのがわかってさ、こっちも一本作らされたよ。私しか作れないって言われてね」

「大変だな」

「まあ……随分と鬼畜な仕様だけどね。本当、運が良いプレイヤーがいたよ。強化を7までしないと下地に出来ないというのに、幸い強化するのに必要な素材はボスを周回したら集められるんだ」

おお……そりゃ剛運《ごううん》だ。

「一応、その武器は私が見た中では一番の攻撃力を持っていたね。前線組、垂涎《すいぜん》の品だろうさ」

「ロミナが受けたって事は……悪い奴じゃないんだろうな」

「そりゃあね。君も知っているよロゼットくんさ」

ロゼット……ああ！　いたいた。紡と一緒にデスゲームごっこをしていた彼ね。

運が良いなぁ。

「ロゼットの坊主かーすげー運良いな」

「ちなみにドロップする武器名は海賊船長のサーベルで片手剣、これを素材にしてハーベンブルグのカトラスが出来る。なんと威力は今までの2・5倍。夢が広がる。島は今、メモリアルクエストフィーバーさ」

ハーベンブルグはこの島の設定上、前の持ち主だ。

海賊の船長ではないから正しい姿への昇華とも言える武器だな。

ここでもフィーバーしてんのか。

「絆くんも狙うと良いかもしれないよ。確か設定ではこの島の前の持ち主なんだろう？」

「あの列に並ぶのはちょっと……」

それくらいズラーッと並んでいたぞ。

クリア出来なかったら並び直しって感じだった。

入場制限があるんだろうなーってのはすぐにわかる。

「良い狩り場を求めて海に出たらしい君やみんなからしたら挑戦する気はないか……元々君達が達成したクエストだしね」

「まあな……最悪、買えば良さそうだし」

「太っ腹な話だな嬢ちゃん達」

「買えてしまう君達の財布が恐ろしいね」

なんて言いながらロミナは青鮫《あおざめ》の冷凍包丁〈盗賊達の罪人〉を作り上げて俺に手渡した。

青鮫の冷凍包丁〈盗賊達の罪人〉＋3（5）

ブルーシャークの牙《きば》を素材にして作り出された冷凍包丁。

ただし、使われたのは〈盗賊達の罪人〉であるため、他の青鮫の冷凍包丁とは次元の異

なる切れ味を宿している。

〈盗賊達の罪人〉の力を宿してるため、特殊な力を所持している。

固定スキル　オートスティール　冷凍特攻　出血付与

おお……なんか手に吸い付く感じがとても良い。

攻撃力も滅茶苦茶上がるぞ。装備条件が下級エンシェントドレスとほぼ同等という恐ろしい仕様だ。

アップデートでエネルギー総量が自動で上昇しているので装備自体は出来る様だけどケルベロススローターを軽く凌駕《りょうが》している。

料理用の包丁が一気にトップに返り咲いたとしか言い様がない。

ただ……飛行系の魔物用の解体包丁がなくなってしまったなぁ。

まあ、これだけの性能があれば全く問題ない範囲だがな。

「ちなみに、先ほど話したハーベンブルグのカトラスに負けず劣らずの性能を宿した代物になったよ」

「やっぱり張り付くのはいい手じゃねえな。もっと良い武器がすぐに出る。間違いねえ」

片手剣なんて俺の仲間で使っている奴はいないし、良いんじゃないか？

これで解体が捗《はかど》る……と良いのだけどなにぶん冷凍包丁だから刃渡りが勇魚《いさな》ノ太刀《たち》には

劣る。

切り分けるのが大変そうだ。手に馴染《なじ》ませないと。

「色々と助かる」

「それはお互い様。良い経験と種類確保になったよ。またこれで良い装備を作れる様になったからね」

なんて感じに俺はロミナから新しい装備を作ってもらった。

「ああ……そうそう、白鯨《はくげい》素材の解体武器を作るために勇魚ノ太刀を預かっても良いかい？」

「良いけど……俺じゃなくてみんなの装備を優先してもらって良いんだが」

俺なんかよりも硝子達の装備を優先した方がこの先の戦いや冒険なんかを有利に立ち回れる様になるはずだ。

「もちろん硝子くん達の方の装備も視野に入れているよ。ただ……硝子くん達から念を押されているのさ。君は釣り具以外、かなり無頓着な性格だから良い素材を持って来たら気にかけてほしいとね」

「俺も聞いてるぜ」

うわ……なんか先回りされている。

本音を言えば硝子達に戦ってもらって俺は釣りに専念したいって気持ちも無くは無い。

「それと……しぇりるくんからのオーダーで釣竿《つりざお》の強化だったね」

「ああ」

俺はしぇりるから貰《もら》った素材をロミナに渡す。

一緒に俺の電動リールを渡すと、ロミナは一気に完成させた。

釣竿を確認。

あ……追加スキルって項目が付いてエレキショックってものが付いている。

「針が引っかかった相手に電気で攻撃出来る様になったね」

「もはや釣りなのか何なのかわからないな」

「それだけ、これからの釣りも厳しくなるって事なんじゃないかい？　って……解体武器を渡した時より嬉《うれ》しそうな顔をするのは鍛冶《かじ》をする側からすると複雑な気持ちになるんだけどな」

そんなつもりはなかったのだが、これからどんな魚が釣れるのかを考えていたら誤解されてしまった。

とにかく、これで釣竿の攻撃性能もアップか……本当、先が思いやられる。

「さてと……それじゃ、こっちも色々とやっていくかな」

「アルトくんから話は聞いているよ。クエスト頑張って」

「ああ、一週間くらいでササッと目処《めど》をつけて硝子達と合流する予定。それまでに追加で武器を作ったら持って行く」

「了解、新大陸での良い情報とか聞きたいところだね」

「じゃあ……」

徐《おもむろ》にペックル着ぐるみに着替えて……。

「らるくもついてくるなら着ようか」

「さすがにそこまでは勘弁してほしいぜ」

「島主が珍妙な格好をして店から出て行くね」

「制作者が何を言っているのやら、クエストではこれを着た方が効率良いんだよ」

という訳で俺はクエスト達成のために、らるくとペックル達を引き連れて船に乗り、出航したのだった。

それから一週間、船での漁をした訳だが……投網《とあみ》などを使って数を稼ぐ漁だ。

「戦いだけが全てじゃねえって絆の嬢ちゃん達から教わって、色々と経験出来て面白いもんだな」

らるくは網を投げる作業を楽しんでいた。

まあ……船に設置した投網を発射するランチャーで魚群に放つだけだもんな。巻き取りは俺やペックルがやってるし。

出てくる魔物に関してはしぇりるが用意してくれたバリスタを駆使すれば特に苦戦する

事なく戦えたし、船に乗り込んでくる魔物なんかもらるくが先頭に立ってくれるのと新武器の青鮫《あおざめ》の冷凍包丁を使えば一撃に近い感じで倒せるので対処出来た。

ブレイブペックルにも守らせたりしているので……うん。助かる。

「割と楽だな。絆の嬢ちゃん……ペックルを制限なく連れて行けるから一人でも出来そうだな」

「まあ……らるくが一緒にいてくれて助かるよ」

装備の良さなのか、今までの魔物で苦戦する事はなかった。

一人で行動も出来たけど誰かと一緒にいると心強い。それだけでやる気が継続するもんだ。

「しかしなんつーか……絆の嬢ちゃんが他のプレイヤーと違うってのがこのクエストで分かるぜ。これくらい突き抜けた事をしないとゲームってのは楽しめねえよな」

なんからるくが俺のやっている事に感心していた。そこまでおかしい事だろうか？

もちろん漁業の合間に強そうな魔物と遭遇すると……危なそうな時は急いで船を移動させて逃げた。

船とはいえ巨大ペックルが動力なので逃げるのはそんなに難しくない。

……モンスターをハンティングするゲームの魚竜《ぎょりゅう》みたいなのもいて、そいつは強そうだったので襲われても逃げに徹した。

先制攻撃のバリスタが全然刺さらなかったから間違いなく強いだろう。

らるくも強いと判断したのか逃げる事に賛成してくれたぞ。

硝子や闇影達と合流してから挑戦するのが良いかもしれない。

で、投網漁《とあみりょう》は一応カルミラ島に閉じ込められていた頃にもやっていたのだが……色々とわかった事がある。

まず、投網漁では捕れる魚は思ったよりも限られている。

ヌシはかからない。これは当然の事なのかもしれない。

捕れるのはニシンやイワシ、カツオとかが多い印象だ。

あとは言うまでもなく海域などで捕れる魚にも変化がある感じだった。

レーダーで魚群を見つけて投網を発射する機械で一網打尽といった楽な仕事では……あったかな。

魚を捕まえるとペックル達が自動で船の倉庫に積んでくれる。

アルトとはチャットで連絡を取り、必要な魚の量を逐一報告しながら色々と捕っていった。

その合間にしっかりと釣りをしたぞ。

ただ……やっぱり思うのだが、俺は海釣りばかりしている気がする。

そろそろ川釣りをしたいところだ。

ああ、プレオープンだった水族館もオープンさせた。

海の魚は先に俺が寄贈しているし、硝子達に合流する前に水族館を覗《のぞ》くつもりだ。

で……船で行ける範囲で色々と回っていると流氷が漂う海域や温暖な海域とか、アップデートで行ける範囲が増えているのがわかった。

問題は他の新大陸があるかもしれないって所には、俺とらるくだけじゃ倒すのが難しい魔物がうようよといる点だ。

それを避けて進むと霧とかが発生して先に進む事が出来ない。

「進めないな。ここも絆の嬢ちゃんの時みたいにクエストがあるのかね」

アップデート待ちのマップなのか……って感じだ。

また船の墓場的なイベントに単独で遭遇するのは勘弁してほしいところだ……ああ、一度謎の力で船ごと弾かれたたな。

「この先はまだ島主は行けないペン」

ってクリスがぶつかると同時に注意してきた。

たぶん、島主だからこそ出来ないイベントってのがあるのだろうと納得した。

条件を満たしているから進めないとか、逆に条件を満たしていないから進めるとか、ありがちな要素だしな。

「絆の嬢ちゃんは行けないって事は俺なら行けるか？」

「行ってみるか？」

「ちっと待ってな」

らるくがサーフボードを取り出して弾かれた先へと行こうとして……しばらくして戻ってきた。

「ダメだな。硝子の嬢ちゃんが絆の嬢ちゃんを探してた時と似た感じな気がするぜ」

あー……他のプレイヤーに先を越されてるって事か？

で、俺は島主で何か条件から外れるからペックルが特殊なセリフを吐いたって感じ。

「俺達に出来る事はないみたいだし、別の所に行くか」

「そうだな。じゃ出発」

という事で俺は舵《かじ》を切り、移動をしたのだった。

三話　ヌシ図鑑

「さてと……こんなもんか」

漁を終えた俺とらるくはカルミラ島に戻り、アルトと合流した。

「うん……さすが絆くんだね。今、海で手に入ると思われる魚の大量狩猟クエストの必要数は殆《ほとん》ど揃《そろ》ったよ」

「作業的に魚群を見つけて投網《とあみ》キャッチをしていただけだけどな」

「いつの間にか俺も釣り関連の技能が上がっちまったぜ」

こんなのでも釣り関連の習得条件を満たせるのだから大雑把《おおざっぱ》な仕様だ。

数を釣るのが習得条件のものの中には投網は条件外って技能も増えてきたけど、投網で条件を満たせる技能は大分習得した。

「で、例の方はどうなんだい？」

「そっちも順調。初期投資をしただけはある。ぐんぐん上がっているし、納品済みだ」

「やはりこの関連だと絆くんが一番だね。僅《わず》かな期間でそこまでやりきるとは……」

「ありゃあなー他に見られる奴がいたら驚いたと思うぜ？」

俺がやっていた作業をらるくも手伝っていたけれど、異常者でも見る様な目をされてしまった。それでも付き合い方を変えないなんて、らるくは大人だなぁ。

「褒めても何も出ないぞ」

「ははは、これは厳しいね。ただ、この関連クエストは一定周期でまた発生する様だから、その時はまた頼むよ」

「一度クリアしたら終わりじゃないってのが地味に面倒だな」

「こういうところはどんなゲームでもあるものじゃないかい？」

確かにそうだな。

オンラインゲームに始まり、ソーシャルゲームでも見る。

「ま、中々楽しめたけど次は他の奴にやらせてやりゃ良いと俺は思うぜ」

「どちらにしても、絆くんが達成してくれたお陰でカルミラ島の名産品も増えたし、新装備もアンロックされた。またプレイヤー達から金銭が得られる様になったね」

アルトが目を煌々《こうこう》とさせて言い切る。

最近、コイツが本当に死の商人へと進化していっている様に見えてきた。

「アルト、今度はお前も手伝えよ」

「わかっているよ。そんなに難しくはないみたいだしね。事業経営とかの経験にもなりそうだし」

なんか引っかかるが……まあ良いか。

ゲームを楽しんでいる様で何より、という事にしておこう。

「装備もアンロックされたか、件《くだん》のカトラスも型落ちするんじゃね？」

「すると思うぞ？　らるくもついでに装備を更新だな。手に入りやすくなるし」

「まあ……そうだけどよ。マジで絆の嬢ちゃん達はやる事がすげーよ。年下だけど上の連中がやる様な事をしてるんだからよ」

リアルが社会人ならではの言葉なのだろうか？　別にそこまで凄《すご》い事をしてるつもりはないんだけどな。あくまでゲームで出来る事をしてるだけだし……。

「アルトの坊主も感心しねえ商売根性してるけど、社会じゃ重要……俺も学ばないといけねえのかね？　いや……俺はゲームをしたいんであって職業訓練はごめんだぜ！」

なんか、らるくが自問自答をしていた。

ゲーム内で仕事の勉強とか……やってる人いそうだよな。

セカンドライフプロジェクト内で受験勉強をする人……何年もゲーム内で過ごすけど現実時間だと数日だし、その間に勉強を頭に叩《たた》き込んで受験に挑むとか。

楽しいのかは別として……第二の人生とはかけ離れた行動だよな。

「さて……じゃあ早速オープンさせた水族館を見させてもらうか」

「うん。こっちだよ」

俺達はアルトの案内で建築された水族館へと案内された。

港から隣接したエリアにあるんだな。

図書館が建っていた所の裏で前は樹木が壁となっていた場所だったのだが、図書館と繋《つな》がった形で道が出来ている。

水族館にはチラホラと……プレイヤー達が出入りしている。

で、入口にはデカデカと次元ノ白鯨《はくげい》の骨格標本が展示されていて、荘厳な雰囲気を醸《かも》し出していた。

「入場料がいるけど、僕達は当然の事ながら不要だよ」

「そうか」

水族館に入ると、受付のペックルに声を掛けられる。

「いらっしゃい島主様ペン！　島主様は……寄贈された魚の合計で386コインペン。どうぞペン」

ってコインをチャリチャリって効果音とともに渡された。

「結構貰《もら》っているね。さすがは釣りマニア」

「釣りに関しちゃうるさいつもりだ。確かこのコインでアイテムと交換出来るんだっけ？」

「うん。ただ、個人的には次のアップデートとかを待つのも手だと思うけどね。絆くんがクエストをクリアしたらラインアップが増えたみたいだし」

こう……有名なＲＰＧのメダルを連想させる要素だな。

良さそうなものが見つかったらあとで交換する事にしよう。

「出し惜しみして結局交換しないってのもどうかと思うぜ？　俺はサッサと交換して攻略に回してたぜ？　最強の装備を一点交換するより便利な装備を数点交換ってな」

らるくも自論を述べる。それもまた間違いじゃない。

「まだまだアプデがあるし、全部で何枚かわかってる訳じゃないから、様子見だなー」

コインの事は後回しにして案内図を確認する。

「一応徐々に増築する予定だけど、海水魚と淡水魚のコーナーで分けられるね。港近隣、沖合とか色々と発見された場所で割り振られるみたい」

結構本格的な水族館なんだな。

「で……こっちが資料関連だね。図書館の蔵書が一部こっちに移ったみたいだよ」

「アップデートでここまで出来るんだな」

「そうだね。セカンドライフプロジェクトって呼び名のゲームだけど、ここまで出来るのは感嘆に値するよ。飽きさせない作りってやつだね」

と言いながら案内図の一部をアルトは指差した。

まあアップデートと銘打っているけれど、実際はアンロック形式だろうしな。

同じゲームをずっとやらされる、と考えるとイベントが起こる度《たび》に変化があるのは当然の仕様とも言える。

「ここがヌシとか特殊な魚を展示するコーナーだね。絆くんが釣ったヌシも展示されているよ」

「解体したはずなんだが……」

「そこはゲームの謎仕様だね。ブルーシャーク〈盗賊達の罪人〉も飾られているから確認してみると良いよ」

まあ……一番気になるところだから見て行くか。

なんて思いながらヌシエリアへと向かう。

道中の展示物に次元ノ白鯨《はくげい》の展示もあった。

波での戦闘で戦ったボスってだけの印象だけど、全体図とか色々と細かく記されていて、かなりの作り込みを感じる。

現実の鯨《くじら》とかそのあたりの資料とかも参考にしているんだろうなぁ。

胃袋の中は～とか腸の長さは～みたいな説明に現実の鯨に関する記載も一部混じっていたし。勘違いをさせない配慮はあった。

「水族館、らるくくんはてりすくんと一緒にどうだい？」

「お？　デートですかな？」

ちょっとこのあたりはニヤニヤと突つきたくなる。らるくとてりすはリアルカップルだし、デートとか俺だって気になる年頃だもん。

「絆の嬢ちゃん。大人を茶化すのは感心しねえぜ？」

「でも来るんでしょ？」

「てりすの場合、水族館より美術館の方が好きだからなー絶対魚を見ながら何食べたいかって聞いてくるぜ？」

うーん……魚＝《イコール》食材って認識か。てりすは。

デートで男が萎《な》える事を言ってしまう女子なのか……ちょっと古いタイプのギャルってところがあるし納得だ。

美術館ってのはきっと装飾品……宝石とかが使われている作品を見るのが好きなんだろう。

宝石への熱意が凄《すご》いのを覚えている。

価格ではなく宝石単体の美しさに関して熱弁されたし。

……てりすって付き合うには苦労するタイプなのかもしれない。

らるくも大変なんだろうなー。

「そういう絆の嬢ちゃんはどうなんだよ！」

「はは、無理矢理ネカマにされた俺に恋愛なんてありえないぜ！」

「うわ！　卑怯《ひきょう》だぞ！　ネカマでも硝子の嬢ちゃんと仲良くしてるじゃねえか」

「まあなー。硝子とあとで水族館を巡ってやるぜー」

「くー……美術館を建ててくれよ！　アルトの坊主！」

「……どっちが大人かわかったもんじゃないやりとりだね」

って感じで野郎三人での水族館探索は続く。

「あ、ここはペックル区画だね」

「……」

水槽の中を無数のペックルが泳いでいる。

……水槽の一番深い所にある神殿みたいなオブジェの前ではブレイブペックルが座禅を組んでいた。

「カモンブレイブペックル」

いたずら心がうずいてブレイブペックルを召喚。

「ペーン」

俺の足元にブレイブペックルが出現した。

なのだが、水槽の中のブレイブペックルもそのまま座禅を組んでいた。

「……なんでブレイブペックルが二羽に増えているんだろうな」

「絆の嬢ちゃんはネタに走るの好きだよな。検証でもあるけどよ」

「あっちは別の展示枠って事なんじゃないかい？　望遠鏡でペックルをそれぞれ照射してスイッチを押すとそれぞれのプロフィールが出るし」

一羽一羽、設定があるとか手が込んでいるとしか言い様がない。

「ちなみにマイペックルを探す人もいるよ。来場者は探せば自分のペックルもここで見つけられるみたいだね」

色々と仕掛けがあるんだな。

この手の便利NPCって拘《こだわ》りたくなるものだし、欲しくなる気持ちはわかる。

「……やっぱりここは硝子と一緒に詳しく見て回りたいところだな」

「それはデートって意味かい？」

「死の商人と来る場所ではないと思ってな」

「だな……野郎三人で来る所じゃねえ」

「そうだね。ゆっくりと見るならそれが良いかもね」

流されてしまった。

そうして足早にヌシエリアに到着する。

……でかい水槽が立ち並んだエリアだ。

お？　ルロロナで釣ったヌシニシンやオオナマズとかが当然の様に展示されている。

ヌシニシン
第一都市ルロロナの海を根城にしているニシンのヌシ。
無数の釣り人から餌を奪い取り、豊富な栄養を得て巨大化した歴戦の猛者《もさ》。
生息地　ルロロナ近海

と記されていて、詳しい大きさが書かれていた。

「おー……絆の嬢ちゃんが釣った事で噂《うわさ》になった奴だな」

なるほど……長さをしっかりと測った訳じゃないけど、そういった要素まであるのか。

寄贈者　絆†エクシード

自身の名前が記されているのを見て思わずニヤついてしまう。

であると同時に疑問が浮かぶ。

「なあアルト」

「なんだい？」

「ヌシって他のプレイヤーが釣り上げたらいなくなるの？　何か情報とかない？」

「このヌシニシンに関しては君以外にも何人か釣ったって話を聞くね。ただ……君が釣ってから次の人が釣るまでに間があったから条件の検証なんかは出来てないよ」
ふむ……再出現はあるのか。まあ当然だよな。
なんて感じにヌシコーナーを見渡す。
すると……大きなアユがあった。

ヌシアユ
第二都市ラ・イルフィの川を占拠する凶暴なアユのヌシ。
気性が荒く、大きな縄張りを牛耳る力を持つほどの貫録を備えている。
生息地　ラ・イルフィ

おお！　第二都市のヌシはアユなのか。
俺も釣りたかったなぁ。
というか第二都市でヌシを釣るほどのプレイヤーがいたとは喜ばしい事だ。
「お？　釣ったのはアイツだったのか」
どうやら釣り上げたプレイヤーをらるくは知っているっぽい。
ゲーム内のプレイヤーは殆《ほとん》ど顔見知りなのでは？
なんて思いながらコーナーを見ていると……。

ヌシダークバス
常闇《とこやみ》ノ森の泉に生息するコイのヌシ。
長年、暗黒の泉の中で息を潜めて大きく育った闇の様なコイ。
生息地　常闇ノ森

常闇ノ森にも釣り場があったのか！

くっ……俺の移動範囲の狭さがここで明るみになるとは。

激しく負けた様な気がしてきた。

そんな感じで見つかった釣り場のヌシなんかが数匹、展示されている。

思ったよりも釣りに興じているプレイヤーも多いんだな。

非常に参考になる。

ただ……アルトから教えてもらった地図と水場を照らし合わせると釣られていないと思われるヌシなんかもぼんやりと予測出来そうだった。

まだ第二都市近隣でも釣られていないヌシがいるはずだ。

もちろん、第一都市でもな。

カルミラ島にもいるかもしれない。

ちなみに白鯨《はくげい》の寄贈者には俺の名前が載っていたぞ。

「おーい。絆くーん」

「な、なんだ?」

「随分と夢中になっていたね。硝子くん達との冒険と魚のコンプリートだったら、コンプリートに走るのかな?」

言われて考える。うーん……ここは強欲に行きたい。

「そんなの両方に決まってるだろ?　釣りをしながら冒険するんだ」

「絆の嬢ちゃんらしいぜ」

「まあ、それが良いだろうね。釣りを続けるならここは情報収集に役立つ場所だし、君が釣ったヌシは他の寄贈者より多いんだ。きっと他のプレイヤー達は血眼《ちまなこ》になって釣りに専念してるだろうね」

ちなみに……と、アルトは先を指差す。

ブルーシャーク〈盗賊達の罪人〉
獲物の横取りを好んで行う卑劣な二つ名を宿したブルーシャーク。
ペックル達も手を焼いていた海のギャング。
生息地　???

ああ……やっぱりヌシだったのな。

ただ、なんかコーナーが違うぞ？

「特殊ヌシ……あのブルーシャークは現れる場所が固定じゃない奴だったんじゃねえか？

絆の嬢ちゃん」

ああ、らるくの推測に俺も同意だ。

やはり……あの漁港のヌシじゃないけど、居場所がわからないヌシって事だったのね。

「絆くんの報告をもとに色々と話を聞いてみたのだけどね。アップデート後に釣ろうとした魚を大きな魚が食べて別の魚との攻防が継続される出来事が増えているそうだよ。釣り人の間でフィッシングコンボって言われているみたい。発生すると大物がヒットするんだってさ」

「やっぱりそうなのか」

アルトの言葉に俺は納得する。

実はここ一週間……海で釣りをしていると稀《まれ》に発生した。

最初はビンチョウマグロだったのにフウライカジキに掠《かす》め取られて、それでも釣りが継続したんだ。

しぇりるとロミナのお陰でパワーアップしたリールの電気ショックで問題なく釣り上げ

られたけれど、大物だったのは間違いない。

　残念ながらフウライカジキはヌシじゃない様だけど。

「真偽はどうかわからないけれど二連鎖してヌシがかかったって自慢しているプレイヤーがいたらしい。絆くんの釣ったブルーシャークもその一部だろう。二つ名付きと任命すると良いかもしれないね」

「また厄介な要素が混ざってきたな」

「そうだね。ただ……二つ名付きのブルーシャークを登録した絆くんに支給されるコインは多いんじゃないかな？」

「そうなのか？」

「生憎《あいにく》と寄贈で得られた報告数が少なくてね……釣り人はいるにはいるけど、全体数だとまだ少ないんだ」

　カルミラ島での波を見て、始めたプレイヤーもそこそこいるらしいけどね、とアルトは続ける。

「そんな訳で、色々と参考に出来る施設になっているから有効活用してほしいね」

「ああ、ありがたく使わせてもらおう。釣り具のセッティングなんかも紹介されているみたいだし」

　という訳で色々と見ていくと、特に淡水魚コーナーで発見が多かった。

やっぱり俺は海での釣りが多すぎる。

川釣りなんかも視野に入れるべきだなと感じた。

フライフィッシングとかの道具も揃《そろ》えるとしよう。

「領主クエストも一段落した訳だけど、絆くん達はこの後どうする予定だい？　こっちの目処《めど》は大分ついているけれど」

「前にも言ったろ？　硝子達とそろそろ合流する予定だ」

一週間別行動していたけれど、その日の終わりにしっかりとチャットとかで連絡はしている。

硝子達もミカカゲで、色々と調査している段階だ。

「それより簡単なクエスト達成用の養殖環境の整備はどうなんだ？」

「それも絆くんのお陰で順調だね。ほぼ出来上がったよ」

カルミラ島のアップデートで魚の養殖要素も解禁されている。

初期投資はそこそこかかったけれど、ニシンやイワシ、サンマあたりの養殖が軌道に乗ったそうだ。

最低限、週毎《しゅうごと》に起こる納品クエストを達成する環境は整った。

漁に出なくても賄《まかな》えるにまで至ったぞ。

あとは……仕掛けは上々。

「おーし！　んじゃてりすを誘ってそろそろ硝子の嬢ちゃん達と合流すっか」

「ああ」

一週間の時間を無駄に過ごした訳じゃない事を硝子達に伝えねばならない。

既にミカカゲの港で合流する手はずとなっている。

俺は領主クエスト関連を終え、硝子達と合流する事にした。

四話　渓流

「あ、お兄ちゃん達。やっほー！　一週間ぶりー」

「絆さん、らるくさん、てりすさん、こんにちは」

一週間前よりも大分船が減った港に硝子達がやってきた。

毎日連絡を取っていたのでさびしかったとかはないな。

「ねえねえお兄ちゃん！　カルミラ島でのクエストを達成したからあんな装備が出回り始めたの？」

紡が道行くプレイヤーの新しい装備を指差して聞いてくる。

蟹甲冑《かにかっちゅう》シリーズがクエストクリアをする事でアンロックされたのだ。

通称カニ装備。

それなりに高めの防御力と、斬撃系の攻撃力上昇効果のついた中々優秀な装備品だ。

「そうなるな」

「結構良い感じの装備だよね。ミカカゲの関所を三つ越えた所で売ってる装備と良い勝負だよ」

「ですね……甲冑がカッコいいです」

硝子達も装備が一新している様に見える。

らるくもロミナが作ったカニ装備を支給されて装備済みだ。

てりすの方は見た目重視で変えてないけど、自作のアクセサリーを着けている。

戦闘時はブレイブペックルに作ってもらったアクセサリーに着け替えるとの話だ。

で……紡の装備は赤い蟹甲冑と同じ見た目だが色が黒い。

ミカカゲで入手した装備品なんだろうと予測出来る。

硝子も羽織が変わっている様だ。

しぇりるは……なんか全体的にダボッとした格好でアラジンズボンを穿《は》いている。

「その装備は？」

「ドロップ」

「ああ、魔物を倒したドロップ品か」

「そう」

色々と装備の変遷があるんだなぁ。

俺のエンシェントドレスもそろそろ型落ちするのだろうか？

「闇影に関しては特に変わってないが……」

「絆殿達の顔色をうかがった結果でござるよ」

まあ、闇影の場合は色々と検証して特化装備にしてしまったもんなぁ。

ブレイブペックルに作らせたアクセサリーも高性能だし。

追加効果もあるし、ちょっと防御力が上がる程度なら変更しないか。

「ただ……巻物と札が売っていたでござる！　ニンニン！」

闇影が腰に着けた大きな巻物と札を見せびらかしてくる。

「へーそんなアイテムもあるのか」

ますます忍者っぽくなってきたな。

「札は使い捨ての魔法アイテムですね」

「巻物は詠唱補助のアクセサリーだよ。お兄ちゃんがあげた腕輪の方が優秀だから狩りの時はそっちを使ってる」

「つ、紡殿！　それは内緒にしてほしかったでござる！」

なんとも悲しい暴露だな。

まあ見た目に拘《こだわ》るのもゲームらしくて俺は良いと思うぞ？

「闇影ちゃん可愛いーてりす闇影ちゃんみたいな子がほしー」

「可愛くないでござる！　子供扱いしないでほしいでござるよ！」

「はは、闇影の嬢ちゃんはそういうところが微笑《ほほえ》ましいんだぜ」

なんとも賑《にぎ》やかなやりとりだ。

「俺はこの前釣った鮫《さめ》から作った冷凍包丁だな」

青鮫の冷凍包丁〈盗賊達の罪人〉を取り出して硝子達に見せる。

「おー！　って……解体武器をお兄ちゃん以外が戦闘に使ってるのはあんまり見ないけどね」

自慢しても理解してもらえない悲しい武器なのは間違いないか。

サポート系は目立たないけど、縁の下の力持ち感を楽しんでいるところもあるからなぁ。

「それじゃあ早速ミカカゲを案内してもらおうか」

「ええ、楽しみにしててください。らるくさん達が探しているクエストとかもある程度は調べてあります」

「おう！　サンキュー！」

「絆殿が新しいマップに入るのに一週間もかかったでござる。本当、マイペースでござるな」

「そう」

うるさいわい。島主はこれでも色々と忙しいんだよ。

仕込みとか色々とあったんだから。

「……？」

硝子が俺の乗っていた船を見て首を傾げる。

「こんな船でしたっけ？」

「え？　何か変わった？」

紡や闇影も船に目を向けて首を傾げる。

さすがに一週間も経《た》つと微妙な変化は気付きにくい様だ。

「前に見たのと同じだと思うでござるよ」

「……」

しぇりるは何があったのかわかったのか黙って見ていた。

既に事情を察したっぽい。

「どうなんだろうな？」

「ふふふ」

らるく達も悪い笑いをしてやがるな……気付くのを待ついたずら心はある様だ。

「行かないのか？」

「そうですね。じゃあ行きましょうか。離れている間に絆さんが好きそうな場所を発見しましたよ」

「みんなでそこに向かってからしばらく狩りをするでござるよ。狩り場はまだ他のプレイヤーが来てないからガラガラでござる！」

「そうそう！　空《す》いてて効率が良くて良い感じだよ！　その内良い狩り場扱いされるかも」

みんなミカカゲでの生活を楽しんでいた様だ。

島主ギルドだから入り放題だしなぁ。

「しかも絆さん達がクエストをクリアしたお陰で宿屋やお店で値引きしてもらえるんです。移動には特急便って事で馬車まで手配してもらえます」

「おおー」

「なんだかんだあのクエストの報酬大きいんだな！　絆の嬢ちゃんのお陰でみんな助かってるって事だぜ」

「頑張った甲斐《かい》あるわね！　絆ちゃん！」

面倒な移動時間も結構軽減出来るのか。

そりゃあ滞在時間が限られる国なんだから時は金なりだよね。

短縮手段を用意されるのは当然か。

普通のプレイヤーはまだ馬車の使用は出来ない……らしい。

もう少し実績を積めば出来るだろうって話だ。俺がクエストクリアしたお陰で実績を積みやすくなっているっぽい。

こういう実績ポイントを稼ぐのは面倒な部分でもあるけれど、パーティーでやっているとなんだかんだで楽しかったりするんだよな。

「ただ、一度はパーティーメンバーが行った所に使用は限られていて馬車でのショートカットはダメなんだって」

「一番奥には行けたのか？」

「永久滞在ビザと首都入場は別みたい」

ああ、さすがに島主権限もそこまでは出来ないか。

何かクエスト達成とか、そういう条件があるんだろうな。

「ですが、絆さんがクエストを達成した事で関所越えが、もう少しで出来そうですよ」

交易での実績も判定に入るとは、地味に便利だ。

やっていてよかったな。

「関所を二つ抜けた先の小さな町です。行きましょう」

という訳でミカカゲに入国した俺は硝子達の案内で素早く関所を二つ抜けた小さな町に到着した。

川を挟む様に店舗が点在する町の様だ。

川に架かる橋の周辺には和風な建築物があり、日本の観光地に来たかの様な錯覚を覚える。

ミカカゲにはこの建物の様にチェックポイント的な休憩所が沢山あるそうで、休む事自体はそこまで難しくない。

拠点とばかりに滞在し、思い思いに活動する事も出来る。

クエストも沢山あり、街のNPCに声を掛けると結構見つかるらしい。

新マップあるあるってやつだな。いろんな意味で新鮮だ。

「ここならお兄ちゃんも気に入るかなってみんなで話していたんだけど、どう？」

「いいな。川があるから休憩に戻ったら釣りが出来る。新しく仕入れた釣り具が火を吹く時が来た」

フライフィッシングをするのに良いかもしれない。

いい加減、海の魚ばかりでやや飽きていたところだ。

川の魚に挑戦だ！

水族館で仕入れた知識を総動員してくれよう。

「それは良かったです。絆さんと一緒に行ける場所が良いと思っていましたから」

「俺もだよ。だから準備をしてきた訳だしね」

「あとはロミナ殿用に新しい採掘場で採掘をしてくるだけでござるな。絆殿にも手伝ってほしいでござるよ」

ああ、その手の頼み事もあったたか。

この辺りには資源場もあるって事なんだろうな。

「そう」

しぇりるがドリルを取り出して言った。

ああ、しぇりるはそっちの技能もありそうだもんな。

マシンナリーの本領発揮か。楽しく皆で遊べればなんだって良いさ。

魔物と戦う事だけがこのゲームじゃないしね。

「採掘場！　てりすも行きたーい！　新しい宝石とか見つけて細工したい！　行く時は誘ってね」

「俺達はこの辺りのクエスト探しを独自にしてるから絆の嬢ちゃん達は狩り場に先に行っててくれよ」

らるくとてりすは自分の足でクエスト探しをするつもりか。

「わかった。一緒にいてくれて色々と助かったよ」

「それはこっちのセリフだぜ」

「んじゃ絆ちゃん達、先に楽しんできてねー」

って事でらるく達は町へと入っていった。

「じゃあ、さっそく狩りに行こうか、お兄ちゃん。一週間クエストで足止めだったんだし、お兄ちゃんの遅れを取り戻さないとね」

「スピリットだからそこまで遅れはないとは思うけど、習得条件とかの関係は否定出来ないか」

エネルギー限界突破って、エネルギー生産外で入手した総エネルギーが習得条件だったりする。他に未知の魔物の討伐なんかもある。

一概に有利な種族って訳じゃない。

このあたりはバランス調整って事なんだろうな。

「それじゃあ早速魔物退治にでも行くのが良いのか？」

「はい。ただ、魔物討伐の依頼を受けてから行った方が効率良いですね。らるくさん達には事前に話をしてますのでこれ以外を探す事になるのでしょう」

「素材納品、解体斡旋《あっせん》……クエストいっぱいある」

しぇりるが補足する。

俺でも出来る事が無数にあるって言いたいんだろう。

このあたりもオンラインゲームあるあるだな。

なんだか楽しくなってきた。

「行くか！」

久しぶりにみんなと狩りをしようと俺達は狩り場へと向かった。

「この渓流が今回の狩り場ですね。ここに出てくる赤鉄熊《せきてつぐま》がクエストの討伐対象で、私達にとって程良い強さを持った魔物になります」

「了解」

「索敵《さくてき》の合間に釣竿《つりざお》を垂らせるでござるよ」

闇影、俺の考えている事を読むな。

というかみんながそのあたりを計算しているのがわかる。

気を使われているのが申し訳ないね。

なんて思っていると赤い熊がノシノシと三頭歩いてくる。

「来ます！　赤鉄熊《せきてつぐま》は先制攻撃をしてくるので準備をしてください」

「あいよ！」

青鮫《あおざめ》の冷凍包丁〈盗賊達の罪人〉を取り出して構える。

弓とかで後方援護をするのも良いけど、今日は前衛の気分だ。

「では私が前衛で行きます！　紡さん！」

「いっくよー！」

硝子が駆け出し、紡が続く。

赤鉄熊二頭が硝子と紡に意識を向けた。

「じゃあ、しぇりるは俺と一緒にあの一頭に挑もう。闇影は後方注意をしながら魔法な？」

「そう」

「承知したでござる。絆殿の武器がどれくらい優秀であるのか見させてもらうでござるよ」

「どれくらい通じるか試す段階だな」

なんて言いながら赤鉄熊に駆け寄りクレーバーを放つ。

「クレーバー！」

ドッスと良い感じの手応え、追撃に切り裂くと勢いよく血飛沫《ちしぶき》が発生した。

よし！　出血効果発動！

「ガアアアア！」

ブンと赤鉄熊が前足を振りかぶって攻撃してきた。

うお！　速い！

俺は硝子や紡の様に戦闘が得意じゃないんで避けるのはそこまで得意じゃない。

腕で防御態勢を取って受け止める。

ガインとエンシェントドレスから火花が散り、ダメージを受けた。

「絆さん！　大丈夫ですか？」

「問題ない。かすり傷」

装備が良いからか、受けるダメージは１２０程度だった。

「ボマーランサー」

しぇりるが攻撃スキルを放つと、銛《もり》の先が爆発し、赤鉄熊にダメージを与える。

おお……カルミラ島のダンジョンじゃ後半だとかなり楽に戦えたのに、しぇりるの攻撃を受けてもビクともしていないぞ。

やっぱ強いんだな、ここの魔物は。

「よっと！　ほ！」

青鮫《あおざめ》の冷凍包丁〈盗賊達の罪人〉で切りつけるとズバズバと良い感じにダメージが入っていく。

「おー！　本当にお兄ちゃんの武器、攻撃力たかーい！」

「絆さん。良い武器を手に入れましたね」

「戦闘時は俺以外の誰かが使っても良いんだぞ？　俺は前衛が得意じゃないから」

やっぱ戦闘が得意な連中の動きを見ていると俺が何ランクか劣るのがわかる。

良い武器は戦闘が得意な奴に渡すのも時には必要な事だ。

「さすがにお兄ちゃんから没収するほど落ちぶれてないよー」

「ええ、むしろ絆さんがそれで私達と肩を並べられるなら、それが一番なのですから」

みんなの優しさが染みるよ。

効率的に動けないと罵倒《ばとう》される様な状況は心が荒《すさ》むんだよねー。

なんて思いながらズバァッと赤鉄熊《せきてつぐま》を斬ると、キンッってお金を落とした様な音が聞こえた。

オートスティールが作動したっぽい。

鉄鉱石獲得。


「コイツからは鉄鉱石が盗めるみたいだな」

「ああ、その武器、オートスティールがあるんだっけ」

「そうだ」

「良いなー一石二鳥だね」

「ロミナが作った短剣があるから紡も使うか？」

「んー……さすがに熟練度とかの関係もあるし今更持ち替えはちょっとねー」

攻撃力は俺の持っている冷凍包丁に劣るし俺達の中で短剣使いはいない。

精々どこかで売るのが良いのか？

「むしろアルトさんに渡したら？」

「確かに」

死の商人にこそ、この短剣はふさわしいかもしれない。

今度機会があったら狩りにでも誘うか。

「ドレインでござる！」

なんてしている間に闇影がドレインを放つ。

バシュッと良い音がして、俺達が戦っていた赤鉄熊《せきてつぐま》が倒れる。

「次！」

「増援でござる！」

ドスンドスンと更に二頭赤鉄熊が駆け寄ってきた。

「今回はちょっと歓迎が手荒ですね」

「だねー。本気でいった方が良いかも？」

「ちょっと待った」

ここ最近、習得したスキルをここでこそ使うべきだろう。

俺は駆け寄ってくる赤鉄熊の前にガチンと……罠《わな》を仕掛ける。

そう、俺が最近上げたスキルはトラップマスタリーだ。

「トラバサミ！」

仕掛けるのはトラバサミ。

パーティーメンバーにしか見えないトラバサミを赤鉄熊は踏む。

するとトラバサミがガチンと赤鉄熊の足に食い込み、赤鉄熊の進みが止まる。

よっし！　上手くかかった！

「足止めの罠スキルですか？」

「お兄ちゃんこんなスキルを習得したんだ？」

「今の内にサササッと二頭仕留めろ！」

「承知したでござる！」

　足止めをしたお陰で硝子と紡が戦っていた赤鉄熊を速やかに処理、トラバサミの効果が切れた頃には安全に次の戦闘に入る事が出来た。

「ではトドメでござる！　ウインドボール！」

　闇影が決めるぜ！　って感じで後衛のくせに魔法詠唱をしながら赤鉄熊に詰め寄り手に風の球を作って赤鉄熊に当てて決めポーズを取る。

「にんにん！」

　ズバァッて感じで赤鉄熊は闇影の風魔法で切り裂かれて倒れた。

　だってばよ！　路線を進んでいくな闇影は。

「闇ちゃん。その魔法を押し当てるの好きだよねー」

「よくやりますね」

「演出」

　ああ、そうなのか。完全に意味のない漫画再現でしかないか。

「絆さんが来たお陰で安定して戦えましたね。損害も殆《ほとん》どありません」

「だねー」

「助かったでござるな」

「はいはい。んじゃ、早速解体していくからな」

「……そう」

って訳で手短に赤鉄熊を解体する。

熊の解体ってどうなんだと思ったけれど解体技能の向上で切るべき場所がわかってサクッと解体が完了した。

手に入るのは熊の手、熊の肝臓、熊の肉、熊の毛皮、熊の骨みたいだ。それと時々鉄鉱石と銅鉱石が手に入る。

熊の手と熊の肝臓は雰囲気的には薬系かな？　漢方的な発想から使えそう。

肉は料理に使えるとわかるけど……俺のスキルだとまだ熊鍋しか作れない。

料理スキルを上げているてりすに相談してみるかな？

「よし完了。次に行こうか」

「やはり絆さんがいないとしまりませんね」

「倒して放置ってのが勿体《もったい》ない気持ちにさせちゃうんだよねー」

「そうでござるな」

「そう」

「はいはい」

「ま、お兄ちゃんが復帰したからにはこの辺りで出てくるボスとかも本腰を入れて倒せるね！」

ああ、俺にそのあたりの解体も期待しているのか。

「しぇりるさんが解体をしてくれましたが難しいって言ってましたし、やはり絆さんこそですね」

ああ、しぇりるも解体覚えてるのな。

「ここのボスって？」

「氷雷獣《ひょうらいじゅう》という氷と雷を使いこなす虎の様な魔物です。戦闘中に属性変化して襲いかかってきましたね」

「何度か倒したんだけど、まだドロップを把握しきれてないんだーま、ポップしたら戦おうよ」

「了解」

なんて感じで皆で出てくる魔物を倒したのだった。

件《くだん》の氷雷獣って魔物は出てこなかった。

この前、硝子達が倒したせいで再出現待ちってところなんだろう。

「ちょっと休憩しようか」

「そうですね」

クエストに必要な数を満たしたところで一旦休憩となった。

あとは街に帰って達成を報告するだけって段階だな。

「それじゃちょっと釣りでもするかな」

「良いですよ。見てますからゆっくりしていてください」

「あいよー」

という訳で釣り具を取り出して渓流で釣りを始める。

今回はフライフィッシングに挑戦だ。

えっと……現地で調達出来る餌の採取のため近くの石を調べると……うん。釣り餌用の虫が採れる。

カゲロウとカワゲラがいるっぽいので持って来たフライでどうにかなるはずだ。

技能習得をしたら作れる様になったんだよな。

しかもアルトに無理言ってブレイブペックルの付与まで掛けてもらったぞ。

フライの獲物を引き受ける効果を引き上げてもらった。

ヒュンヒュンと竿《さお》で空気を斬りながら魚がいそうな場所を見つくろって何度か水面ギリギリに当ててポトリと落としてしばらく流す。

するとビクン！　っと良い感じに竿がしなった。

「ヨイショ！」

ヒョイッと魚を釣り上げ確認。

ヤマメを獲得。

「おー！　お見事でござる。洗練した動きでござる」

「手慣れてきたねお兄ちゃん」

「まあな」

で、しばらくヒョイヒョイと釣っていくのだが、手応えがあんまりない。

一応、イワナとかアマゴが釣れはする。

塩を振ってその場で焼き魚にしてみんなに振る舞うぞ。

「絆さんとしぇりるさんのお陰で魚には本当に困りませんね」

「まあ、しぇりるはな」

俺に張り合ってなぜかしぇりるが銛《もり》で漁を始めてしまった。

水面に向かって銛を降り下ろして見事に魚を捕まえてみせる。

「イカ尽くしがもはや過去の事でござる。川の魚も美味《おい》しいでござるな」

そんなにイカが闇影にとって嫌な記憶なんだろうか？

ちなみに渓流だから大型の魚はそこまでいないがフライフィッシングの目標はサーモン
……鮭だな。

現実だと鮭を釣るのを目標とするところだ。

ディメンションウェーブはゲーム仕様だから、どこまで現実の知識が通じるかはわからない。

さて……そろそろ別の仕掛けを試してみよう。先ほど採取した餌を針に付けてっと。

「あれ？　お兄ちゃん。仕掛けを変えるの？」

「ああ、色々と試す事で釣れる魚も変わるだろうしな。あ……これをしてなかったな。フィーバールアー」

フィーバールアーを作動させる。

あ、餌釣りじゃ無理みたいだ。なのでフライルアーに変更する。

するとフライが適応されて派手なフライルアーに変更された。

ヒョイッと水面に落とした瞬間、ルアーの形が細長く変わり、丸い魚影がずんずんと近寄ってきて引っかかる。

グイッ！　っと凄《すご》い勢いで竿《さお》ごと持って行かれそうになった⁉

なんだ？　ヌシか？

スッとしぇりるが立ち上がって、弱らせるためか狙いを定める。

助かる。引きが強い魚にはこういった攻撃が認められているんだ。

「……フィッシュ？」

「さあな」

魚影から察するに魚とは別の何かが引っかかったのは間違いない。

「ボマーランサー」

しぇりるの魚影めがけた一撃で水しぶきが発生する。

「お兄ちゃん！　私達も攻撃すべき？」

「糸に当てるなよ？」

「あー……ちょっとそれは難しいね。硝子さん」

「そうですね」

「では拙者《せっしゃ》がいくでござる！」

闇影が魔法の詠唱に入った。

「ドレインでござる！」

相変わらずドレイン忍者は健在だ。

ドシュッと良い感じに命中。抵抗が弱まっているのがわかる。

「今だ！　一本釣り！」

ザバァ！　っと水面から魚影の主が姿を現した。

「か――」

で、全員がその姿を見て唖然《あぜん》とするしかなかった。

「河童？」

ビチビチと暴れる河童が地面でのた打ち回っている。

うん。さすがはゲーム。河童が釣れてしまったよ。

魔物名は悪行河童《あくぎょうかっぱ》だそうだ。

ご丁寧にフィーバールアーはキュウリの姿に擬態している。

そうかー……ここでは河童が釣れるのか。

五話　河童

わかるか！　ノーヒントでどうやって河童を釣れば良いんだよ！

どっかのＮＰＣがヒントでも言ってくれるのか？

ってところでポーン！　っとチャットが飛んでくる。

「絆の嬢ちゃん。渓流に行ったよな？　そこで河童が釣れるって話をしてるＮＰＣの話を聞いたんだが試すためにキュウリ持ってくか？」

らるくがてりすと一緒にタイミング良くチャットを飛ばしてきた。

「今釣り上げたところ」

「何⁉　てりす！　絆の嬢ちゃん先にやっちまったぞ！　ノーヒントでやるとかすげえな本当に」

「わー！　マジ絆ちゃんから目が離せないわー！　期待を裏切らないわねー」

あとでもう一度釣ってくれよー！　って言ってるけどそれどころじゃない。

「ギャア！」

敵意満点で河童が立ち上がって飛びかかってくる。

え？　魔物枠で釣った訳じゃないの？　アイテム欄に入らないイベント戦闘？

「任せてください！」

「いっくよー！」

硝子と紡が攻撃を放つ。

「あ？　この手応え、地味にこの魔物強いね」

「そうですね。闇影さん。援護をお願いします」

「もちろんでござる」

硝子が河童の水かきによる猛攻を捌《さば》き、紡が鎌で薙《な》ぎ、闇影がドレインを放つ。

で、魔法に反応したのか河童が中途半端に近い闇影に高速接近して即座に闇影の背後に回り込むと、手を金色に光らせて闇影の……尻を攻撃する。

「キャアアアアア！」

おい、忍び！　キャラを忘れてるぞ。

「うう……弱体化とスタンの状態異常、で、ござる」

「尻子玉《しりこだま》抜かれたね」

「闇ちゃん、はい」

ポイッと紡がポーションを投げつけて闇影の状態異常を解除した。

手慣れてるなぁ。

「闇ちゃんって美味《おい》しいポジションだよね」

「嬉《うれ》しくないでござる！」

「えーっと……闇影さんの尊い犠牲のお陰で私達も注意すべき攻撃がわかりましたね」

俺はどうしたら……下手に攻撃したら俺も尻子玉を抜かれて笑い者にされそう。

っと、河童に付いていたフィーバールアーが取れて地面に落下すると……。

「ギャオオオ――……」

ざわざわと渓流近くの木々が大きく揺れ、赤鉄熊《せきてつぐま》が三頭、バラバラに集まってくる。

「ここで増援？」

しかも四方八方から。

他の魔物もなだれ込む様に来るぞ。

「群がってきてる⁉」

「一体どうして⁉」

「お兄ちゃんのルアーが地面に落ちた瞬間、なんか辺りの雰囲気変わらなかった？」

「入れ食いになるルアーなんだが……」

「魔物まで引き寄せるって事なのかな？」

ヒュンヒュンとルアーを振りかぶって遠くに飛ばすと、魔物がそっちに誘導されている……間違いないみたいだ。

「お兄ちゃん！　早くそれをしまって！　危ない！」

「とはいえ、ここでしまうとあの数の魔物を相手にしなくちゃいけないぞ」

「それは大変でござる。処理出来るでござるか？」

「出来なくはないですが被害も覚悟した方が良いかと」

だよなー。

ボスとか引き寄せる前にどうにかしなきゃいけない。

「よし！　ちょっと散らしてくる。しぇりる。補佐よろしく」

「了解……」

フィーバールアーをそのままぶんぶん振りながら俺はしぇりると一緒に休憩している地点から急いで移動する。硝子達に向かわない程度に距離が離れたのを確認し、地面に一度ルアーを着地させた後、武器を持ち替えてフィーバールアーを解除。

目標を見失った魔物達が今度は俺としぇりるをターゲットにして群がってくる。

「よし！　逃げるぞ！」

「うん」

逃げ回りながら地面にトラバサミを仕掛けて一匹ずつ仕留めていく。

で、どうにか硝子達の方に戻ると、三人はまだ戦っていた。

「この子、地味に固いね」

「ええ、手応えがあって良いです。思いもよらない相手ですね」

硝子と紡に意識を向けている河童に背後から近づき出血狙いで青鮫《あおざめ》の冷凍包丁で斬りつけると、運よくスティールが作動した。


——河童の甲羅獲得！


河童の背中を確認。うん、甲羅が残ってるね。

まあそのまま盗めたらギャグでしかないけどさ。

「サンダーボールでござーる！」

闇影が接近戦で河童に向けて今度は雷の玉を押し当てていた。

尻子玉《しりこだま》を取られた仕返しか？

カッコつけているのか微妙なラインだ。

「地味にタフでござるな」

「ほ！」

ここでしぇりるが河童の脳天に銛《もり》を叩《たた》きつける。

するとバキッと河童の皿が砕けて河童がのけ反《ぞ》った。

直後に硝子と紡が攻撃すると、悪行河童は倒れた。

「いきなり柔らかくなりました。皿が弱点の様ですね。とりあえず倒しちゃいましたが……」

「ボスってほど強くはないし、かといって普通の魔物よりは強かったよね。イベント魔物ってところかな？　それともお兄ちゃんがよく狙っているヌシ？」

「えー……」

これがヌシなのか？

いやいや、どっちかと言うと魔物だろ。魚は釣ったらおしまいだぞ。

「さすがに違うと思うでござる。ブルーシャークが例でござるよ」

「確かにそうだよね」

フィーバールアーが形状を変えたところから考えるに仕掛けを無視したりとかなり融通が利いてしまう様だ。

しかも地面に落とすと魔物が群がる副次効果まであるし。

……魔物を釣り上げたらそのまま収納出来てしまうのだろうか？

いろんな意味でフィーバーするルアーなんだな。

「ドロップは……河童の皿と尻子玉ですね」

「闇影の？」

「違うでござる！」

「とりあえず、この河童はどうしますか？」

「一応、解体しておくよ」

まあ、闇影のためにもこの悪行河童の解体をしておくべきか。

という訳で悪行河童を解体する。

人型の魔物を解体するって少しグロい気もするけど、リザードマンダークナイトも解体したんだから気にしない。

で、出たのが尻子玉《しりこだま》、河童の皿、河童の甲羅、河童の水かき、河童の肉だ。

「こっちが闇影の尻子玉だな」

「そのネタはいい加減にするでござるよ。結構エネルギーを取られたでござるんだから！」

闇影がぷりぷりと怒っている。

「はいはい。とりあえず……フィーバールアーは使いどころを間違えるとかなり危なそうだな」

「場合によっては便利だよね。索敵《さくてき》せずに済むし」

「そうですね。魔物を呼び寄せたい時には良さそうです」

今回のピンチは俺が招いた様な気がするけれど皆気にせず受け入れてくれるのは感謝す

るしかない。

「とりあえず河童が釣れる件とか街に戻って調べたいかな。お兄ちゃん、硝子さん」

「さっきらるく達が河童が釣れるって話を聞いて連絡してきた」

「いるんだね」

「とりあえず……今回はこれくらいにして帰りましょうか」

「了解。なんかクエストがあるなら請《う》けた方が良いだろうし」

俺達はそのまま街に帰り、各々自由行動をする事になった。

†

俺は街に戻ると川に向かい、事前に準備していたものを仕掛けてから橋の上で釣りをする。

硝子や闇影、紡はらるく達と合流しNPCに声を掛けに行ってしまった。

「……」

しぇりるは橋の下に仕掛けた俺の仕掛けなんかをぼんやりと見ていた。

お？　ここでもヤマメとアユが釣れるな。

……おとりアユって漁法があったっけ、アユ単体を狙うのには良さそうだ。

って感じでフライフィッシングをしていたのだけど、他の仕掛けを試したくて釣り餌を付けたスタンダードなスタイルに変えて投げてみた。

「お？」

ガクンと良い感じに竿《さお》がしなる。

さすがに河童じゃないよな？　なんて魚影に目を向けるとしっかりと魚だった。

釣れる魚に不安を覚えるとか……むなしい気持ちになってくる。

俺は本当に釣りをしているのか？

それとさすがにフィッシングコンボは作動しないよな？

ザバァッと引き寄せて釣り上げると……ニジマスが釣れた！

おお……シンプルにニジマスだ。海まで下るとサーモントラウトと呼ばれるのだろうか？

「レインボートラウト」

「ああ、ニジマスの別名だな」

「そう……ムニエル、美味《おい》しい」

「あとで作って皆で食べような。てりすがいるから俺より上手に作ってくれるぞ」

コクリとしぇりるは頷《うなず》く。

さて……この川で釣れるヌシは何なのかいい加減考察して仕掛けを考えないといけない

な。

ニジマスを収納してから再度釣竿を垂らす。

お？　またヒットだ。

ヒョイッと魚を釣り上げたその時……⁉

「ギャア！」

パシッと水場の陰から青みがかった鳥が飛び出して釣り上げた魚に食いついて飛び立とうとしていく。

「oh……」

いや、なに唖然《あぜん》としてんだよ。

くっそ……川でのフィッシングコンボって鳥に魚を横取りされるのかよ。

ギギギッと飛び立って逃げようとする青い鳥との攻防が始まる。

ま……今回は電撃を放てるリールを付けているから弱らせる事は出来るんだけどな。

行け！　スタンショック！

バチバチッと糸を伝って青い鳥に電撃が走った。

「ギャア⁉」

電撃を受けた青い鳥はのけ反《ぞ》りダメージを受けた。

よし、そのまま一本釣りで引き寄せてフィニッシュ。

ビクンビクンと俺の手元で痙攣《けいれん》して倒れる青い鳥。

……えっと、アイスヘローンっていう魔物みたいだ。

「サギ」

「鳥の？」

「そう」

ああ、もしかして氷のサギって事か？

しかし……フィッシングコンボで鳥を釣る俺はなんなんだろうか？

ペックルを釣っているから今更な気もする。

ただ……うん。フィッシングコンボで釣り上げた魔物はそれ以上暴れないみたいだ。

多分、このまま収納出来るだろう。

なんてやっていると、硝子と紡、らるくとてりすがこっちにやって来る。

「絆さん、わかりましたよ！」

「む？　絆の嬢ちゃんが面白い事をしていた気配がするぞ」

らるく、そんなに俺が何かするのは面白いのか？　硝子との話に集中しよう。

「何かわかったって、ここの川のヌシが？」

何処《どこ》かのＮＰＣがヌシの情報を教えてくれたりするのだろうか？

「違います」

「お兄ちゃんの方は……なんでアイスへローンがここに？」

「釣った」

しぇりるがここで短く言うと、硝子は困った様な顔になり、紡は笑い始めた。

「やっぱ面白い事やってるじゃねえか」

「てりすも見たかったわー」

「ただのフィッシングコンボだ。そんな新鮮なもんじゃねえよ」

「ですが魚じゃないですよね。水の中にいたんですか？」

「いや、魚を掠《かす》め取ろうとしてきてそのまま」

「ああ……なるほど」

「お兄ちゃんのいる所だと何が起こるかわからないから片時も離れない方が良い気がするね！」

「本当にねー！　絆ちゃんから目が離せないわ」

本当、なんなんだろうな。

とりあえず面倒なのでそのまま収納する。

「本当に収納されちゃいましたね」

「他のプレイヤーにこの瞬間だけ見られたらどうしたら魔物を収納出来るんだ？　って聞かれそー」

「絆殿……」

ここでお約束の様に闇影もやって来た。

タイミングが悪いというか何というか。闇影ってこういうポジションだよな。

「どうしたら動いている魔物を収納出来るでござる？」

なんてお約束のやりとりの後、説明をしてから本題の調査結果を聞く事になった。

「ＮＰＣに聞いた話だと、あの渓流にはガラの悪い河童が生息しているって話でな。俺達も一緒にクエストをやるぜ」

「皿を攻撃して割ってから本体を攻撃すると戦いやすくなると言われました」

「別のクエストに派生する訳？」

「おう。渓流の先に悪行河童の巣があるから、沢山倒してくれってよ」

「こんなクエストがあるんだね。お兄ちゃんと一緒に行くまで気付かなかったよ。らるくさんもマメに話をしてたみたいだし、適当に回るんじゃダメだねー」

やっぱりクエスト探しはらるくみたいな専門家に任せるのが良いのかもしれないな。

事前にわかっていたら準備も出来ただろうし。

「絆殿のルアーが鍵となる要素を代用してしまったでござるな」

「たぶんな。とにかく、クエストが進んでよかったな」

こんな発見があるのも面白いといったら面白いところだ。

「あの河童の強さから考えてもう少し絆さんやらるくさん達と狩りをしてからが良いかと判断します」

「好きにして良いさ」

そのために色々と準備していたんだしな。

「早くまた狩りに行きたい気もするね」

「良いんじゃねえか？　俺達も一緒に行くぜ？」

「あ、その前にやりたい事があるから待ってもらって良いか？」

「ええ」

俺は徐《おもむろ》に橋の下の方に回り込んで仕掛けたものを確認する。

「お？」

俺が仕掛けたのは魚が逃げられない様に一方通行の罠《わな》に追い込んで捕獲する竹筒《たけづつ》と呼ばれる漁の仕掛けだ。

その竹筒を確認すると……中にウナギが入っていた。

「ウナギってもっと下の河口とかに生息する魚じゃなかったか？」

流れが穏やかな川下の橋の下に設置したんだけどさ。

まあ、捕れたならそれでよし。

ズルンと竹筒からウナギを出していると硝子達がきょとんとしている。

「絆さん。罠《わな》の腕前が上がった様に見えましたが……」

「うん。仕掛け漁があるのがわかってさ。これなら皆と狩りをしながらでも釣りが出来ると思ってさ」

流れの急な方に仕掛けたら何がかかるか検証が必要だ。

ここ一週間の検証で釣竿《つりざお》での釣り以外でフィッシングコンボは作動していないからこれもある意味、安全に獲物を確保出来る手段と言える。

トラップマスタリーとフィッシングマスタリーの間の扱いがこの仕掛けだ。

「絆の嬢ちゃん、その仕掛けを見つけて色々とやってたからよ。良い解決案だと思うぜ」

どんどん橋の下に仕掛けた竹筒を確認していくと……ウナギが三匹かかっていた。

他はサワガニやムラサキシガイって貝が入っていた。

成果は上々かな？　生息図が滅茶苦茶な気もするけど、そこはゲームだからしょうがないか。

「徹底してるねお兄ちゃん」

「これで皆と狩りをしている間にも釣りが出来る様なもんだ」

「あの短時間で結構仕掛けていますよね」

らるくが笑いを堪《こら》えてニヤニヤしてる。何だ？　なんかおかしな事あったか？

「橋の下に仕掛けがずらっと並んでいるでござる！　景観が悪いでござるよ！」

「ああ、これって仕掛けたプレイヤーとパーティー以外は見えない設定らしいから気にするな」

アルトとこのあたりは検証済みだ。

俺も遊んでいただけではなく、アイテムやスキルの効果などを調べる事もしている。

「あ！　さっき絆さんと港で合流した時に船を見て感じた違和感の原因はこれだったのですね」

「正解！　やっと気付いたか！　いやー黙ってるのに苦労したぜ」

そりゃあ船の周囲に仕掛けを施し済みだからパーティーメンバーである硝子達は視界に入っていたはずだろう。

らるく達も気付くまで黙ってるとか人生を楽しんでるって事なのかね。

「そう」

しぇりるはわかっていたみたいだぞ。

「ウナギだよね？　さっきの」

「ああ、捌《さば》いて蒲焼《かばや》きにでもするか？　てりすに任せた方がよさそうだけど」

「んー……絆ちゃんも一緒に料理しましょ？　何かあるかもしれないしー」

料理でさえもイベントとかあったら嫌なんだよな……とは思いつつ、てりすと一緒に料理をする事にした。

「ウナギ食べたい！　うな重食べたい！　うな重」

紡は言うまでもなく、ウナギは好きだ。

姉さんもだな。高い料理が好きなのは知っている。

「ウナギといったら通《ツウ》は白焼きでござるよ」

闇影が玄人《くろうと》じみた事を言い出した。

さすがは忍者だからなのか。和風に特化しているのかもしれない。

白焼きで思い出したが、ウナギの蒲焼《かばや》きって関東風と関西風があるんだよな。

一度白焼きを蒸してから焼くのが関東風で、蒸さずに焼くのが関西風だ。

どっちが美味《うま》いかは人によってそれぞれだな。

ゲームでその差があるかは……あとで実験するか。

「蒲焼きに酒でくーっとやるのも悪くねえぞ。ま、酒はさすがにないみたいだけどよ」

ディメンションウェーブは俺達みたいな未成年もプレイするからかアルコール類を飲む事が出来ない。

調味料で酒は出せるけど、アルコール分を飛ばさないと食べられないらしい。

「うなぎゼリー……」

しぇりるがボソッと言った。

「それは拙者《せっしゃ》の好みではないでござるな」

食った事あるのか。

確かイギリス料理だったはず……詳しくは知らん。フランスとごっちゃになるからだ。よし、珍しい料理自慢なら負けないぞ。

「なら、俺はうなり寿司で勝負だ！」

「某県某市の名物でござるな」

なん、だとっ……⁉

某県で２０１０年代後期に生まれた名物を知ってやがるだと。

コイツ、実は食通だ。ただのネタビルド好きではない！

「闇影の嬢ちゃん詳しいなー」

「舌が肥えてるのね。このゲームだと上手に作れると味も良くなるから頑張って良いモノを作らないとね」

「早く早くー！」

「クエストはどうするんだ？」

「クエストを受ける前にうな重だよ！　お兄ちゃん！」

って感じにハイテンションになっていく紡を余所《よそ》に硝子と闇影、しぇりるの反応は大人しめだ。らるくとてりすは大人なので微笑《ほほえ》ましい目で見てくる。

もしかしてはしゃぐ家庭はうちだけなのか？

「硝子はウナギ嬉《うれ》しくない？」

「嬉しいですよ。絆さんの釣った魚で料理してくれる品々はとても美味《おい》しいですし、てりすさんもいらっしゃるので期待してます」

ああ、特に変わらない俺への信頼……というか大人な反応なだけか。

「ウナギを絆殿とてりす殿がどう料理するのか楽しみでござる」

「……美味しい、らしい」

むしろ紡のテンションがおかしいだけか。

しぇりるはよくわからないけど知ってるって程度なのか。

「じゃあ食いしん坊な妹のためにクエスト前だけど調理して食べるとするか」

「わーい！　お兄ちゃん大好き！」

こういう時だけ甘えてくる現金な妹め！

なんて思いながら料理技能で調理を開始しよう。

「てりすって料理、どれくらいやってる感じ？」

「んー……一応一時期凝ってたから料理技能は10いってるわよ。この先はいろんな料理をこなしていくって感じでしょ？」

細工とかより技能高いって、てりすは凄《すご》かったみたいだなぁ。

「よくそんな上がったな」

「狩り場で炊き出しをやってたのよ。人が多いからその分上がった感じね」

「へー……」

「ちなみに奏ちゃんも料理技能高いわよ」

まあ……姉さんはね。リアル我が家での料理担当だったし当然か。ちなみに俺も料理は出来る。

「さ、早速やっていきましょ」

六話　ウナギ料理

俺がウナギを捌《さば》く作業に入り、てりすは調味料を用意しようとしていると……。

「あら？」

視界にＣｏｏｐｅｒａｔｉｏｎ！　って表示が出る。

「なんだこれ？」

「協力スキルよ。ロミナちゃんの所でも検証されてたわね。料理だから発生しやすいんでしょうね」

「どうすりゃ良いわけ？」

「分業作業で一緒に料理すれば良いだけよ。絆ちゃんはウナギを捌くのが上手だからお願い。てりすは焼きをするわね」

こうして俺がウナギを捌いて、てりすが白焼きにし、タレを塗って蒲焼《かばや》きにする。

解体技能のレベルが高いから綺麗に捌く事が出来たな。

料理技能と合わせるとより精度が上がる。

料理と解体はシナジー効果があるので覚えて損はない。

「あ、闇影ー！」

協力スキルをしている最中だけど闇影を呼ぶ。

「なんでござるか？」

「河童肉と尻子玉《しりこだま》で鍋が作れそうなんだが、食べるか？」

「なんで拙者《せっしゃ》にだけ聞いてくるでござるか⁉」

いや、尻子玉を抜かれた闇影に戻してあげないといけないかと思ってと言いたい気持ちはグッと堪《こら》える。

ネタにしてもやっていい事と悪い事があるのだ。

そこの分別は持っておこう。

「しょうがないな。闇影にもウナギ料理を作ってやろう」

「納得いかないでござる！」

米もゲーム内にはしっかりあるので調理機材を出して料理していく。

とにかく、持ってきた米やウナギ、タレとかで皆が満足する様な料理を作製する。

素材がないとレシピが出ないのもあるから奥が深い。

お茶も持っているから……うん。ひつまぶしも作製可能な様だ。

ちなみに料理技能をブレイブペックルは所持している。

近くにいるとサポートというかバフを掛けてくれるのが最近わかったので呼び出して近

くで待機させた。

どうやら料理技能持ちが複数人いたのが協力スキルの起動条件だったっぽい。

補足であるが料理関連はミニゲーム……作製の結果が良いと+が非常に付きやすい。

「完成ね！　わー……協力スキルが実装されて完成品の精度が上がったって聞いたけど凄《すご》いわ」

出来上がったウナギ料理を一つ、俺は確認する。

上級・ウナギの蒲焼《かばや》き＋9
上質な天然ウナギを適切な処理をし、一流の職人が丁寧に焼き上げた一品。作り上げられたタレがウナギの味を引き出しスタミナを大幅に上昇させる。
食事効果　HP回復70％　最大HP・エネルギー・スタミナ60％上昇

この蒲焼きを米にのせてうな丼やうな重にすると、より効果が高まる。

最大HPやエネルギーを一時的に増加する効果があるのが出た。

とんでもない品が出来たぞ。

俺の実験では一人で作った料理に上級なんてなかった。

そんな訳でウナギ料理を人数分作って皆の所に持って行って配った。

「わー！　ウナギウナギー！」

紡はごちそうが運ばれてきてテンションが滅茶苦茶上がっている。

「……うな重、美味《おい》しい、らしい」

しぇりるは初めて食べるって様子でうな重を見ているな。

「あれ？　絆さん。私のはひつまぶしなんですか？」

「ああ、硝子はこっちの方が好きそうなイメージでな。紡としぇりるには入門でうな重だ」

俺も一応ひつまぶしだ。

食い足りないかもしれないので米は多めに用意してある。

「拙者《せっしゃ》は白焼きでござる！」

「らるくも闇影ちゃんと同じで白焼きよ」

「あいよ」

「じゃあ頂きます」

「いただきまーす！」

紡の大きな声を合図に皆思い思いにウナギ料理を食べ始める。

「んー！　お兄ちゃん、これ超美味しいよ！　他のＶＲＭＭＯで食べた事あるけど、再現率はこっちの方が高いね！」

「そうか」

紡がうな重を夢中になって食べながら言う。

「美味《おい》しいですね。絆さん、腕を上げましたね」

「てりすがメインで焼いてくれたし、色々と技能を振ったりしてるからなぁ」

「協力スキルが発生して絆ちゃん達と凄《すご》いのを作っちゃったわ。熟練度の上がりも良かったわね」

解体が俺の特技ゆえに料理の腕も自然と上がりやすい。

ウナギ単体を捌《さば》くのも簡単だったしな。

「良い味でござるな」

「一応、捌き方一つで関東風か関西風か分かれる、みたいな細かさがある様だぞ」

「一緒くたにしない奥深さがあるでござるな」

「……」

本当にな……で、しぇりるは黙々とうな重を食べ続けていた。

「しぇりる、うな重はどうだ？」

「……」

俺が声を掛けてもしぇりるは聞こえていないのか食べ続けている。

夢中になっているって事で……良いのか？

うな重を食べ終えてからしぇりるは顔を上げた。

「お、いしい」

「そうか」

「また食べれる？」

「ウナギが仕掛けにかかっていればな。てりすと力を合わせて作るよ」

「そう」

どうやら気に入ってくれた様だ。

「香ばしく、それでいて柔らかくて良い味ですね。タレも良いと思います。とてつもない一品ですね」

そんな訳でみんなしてウナギを堪能し、英気を養いクエストへと出発した。

†

しばらく赤鉄熊《せきてつぐま》を倒してエネルギーを稼いでから、様子見という事で悪行河童の討伐クエストの場所に向かう。

「こっちに隠し通路があるみたい。ほら、クエストを請《う》けたら見える様になってる」

半透明の茂みが出現している。通ると茂みが消えて道が現れた。

洞窟っぽいな。寒くて所々にツララもある。

「ギャア！」

バシャッと洞窟内の川から悪行河童が数匹飛び出してきた。

「行きます！　ハ！」

バキンと硝子がテンポよく悪行河童達の皿に攻撃をして割っていく。

「狭くて鎌が振りづらいのが難点だな。もっと広い所で戦いてえな。紡の嬢ちゃん」

「だねー……頭を狙えば良いだけだから難しくはないけど」

らるくと紡も同様だ。ただ、鎌を横振りではなく縦振りで攻撃していた。

狭い場所だと鎌が引っかかる判定だからだそうだ。

「増援」

洞窟の奥から増援の悪行河童が出てくる。

「そっちは既に罠《わな》を設置済みだ」

ピッと釣竿《つりざお》でルアーを飛ばして起動させるとボンッて音がして洞窟の奥に仕掛けた落石の罠が起動。悪行河童達に降り注いで皿を割り、スタンさせた。

「今でござる！　サンダーボール！」

闇影が尻子玉《しりこだま》を抜かれた腹いせなのか弱らせた悪行河童に率先して弱点攻撃を行う。

「罠が非常に便利ですね」

「そうだな。漁に戦闘に大助かりだ」

「お兄ちゃんが直接戦わなくてもこれならかなり効率よく戦えるよ！」

「そう。それと……また増援、今度は河童じゃない……」

「お？　新顔か？」

って構えると、アイスモンキーという氷で出来たサルが襲ってきた。

「らるく、お友達よ」

「うっきー！　って何言わせやがる！」

らるくとてりすがボケとツッコミをしてるのを聞き流して……俺は冷凍包丁を取り出して構える。

「ウキャ！」

冷凍包丁は冷凍特攻の効果があるから相性が良いはずだ！

そう思って青鮫《あおざめ》の冷凍包丁で斬りつける。

ザリュ！　っと良い感じの手応えとともに血飛沫《ちしぶき》が発生し、アイスモンキーが吹っ飛んだ。

「おー！　お兄ちゃんクリティカル！」

「やっぱり相性が良い武器みたいだな」

そのまま追撃の連続攻撃を行う。

ズバァ！　っと特に損害もなくアイスモンキーを倒す事が出来た。

うわ……切れ味が良すぎてバラバラにしちゃったぞ。

こんな感じで戦闘が終わった。

「好調ですね」

「ああ。おっと、なんかスキルを習得したな」

「新しいスキルですか？　何でしょうか？」

「待っててくれ」

俺は新しく習得したスキルを確認する。

どうやら解体武器の攻撃スキルを習得出来る様になった。

えっと……ブラッドフラワーってスキルみたいだな。

ブラッドフラワーI
解体武器の攻撃スキル。
チャージする事によって性能が変化する。
一回の使用に１００のエネルギーを消費する。
取得に必要なマナ４００。
習得条件、解体武器で相手を微塵《みじん》にする。解体を１５０以上する。

ランクアップ条件、解体武器によるモンスターの討伐数が200を超える。


「解体武器のチャージ系のスキルみたいだ」

「へー」

「解体武器の新技かー……っていうとあれかな？」

らるくは見覚えがあるっぽいな。てりすも知っている様だ。

「チャージっていうと硝子がよくやっているスキルに多いよな」

「そうですね。しっかりと溜《た》めると強力ですから絆さんも使ってみてはどうでしょうか？」

「うん。実験は大事だな」

という訳で早速取得。

「今回のクエストは何匹討伐すれば良いんだ？」

「えっとね。パーティーで五十匹倒せば良いみたいだよ」

地味に多いな。いや、ポップするんだからそんなに多くもないか。

「じゃ、新スキルの試し打ちも兼ねてササッと次に行くぞー」

「おー！　でござる！」

なんて感じで洞窟を移動すると悪行河童とアイスモンキーがまた出てきた。

早速新スキルの試し打ちをする事にした。

ブラッドフラワーを意識すると冷凍包丁に光が集まるエフェクトが発生する。

ピュンピュンッと効果音まで聞こえてきた。

ああ、硝子はいつもこの効果音を聞きながらタイミングを確かめているんだな。

で……硝子の戦い方から察するに溜《た》めながらも往《い》なしたり通常攻撃したりは出来る。

「お兄ちゃん。まだー？」

足止めをしている紡が催促をしてきやがる。

「もう少しだ。硝子と一緒に戦っているんだからタイミングはわかるだろ」

「そうだけどー」

キン！　って音がして最大まで溜まったのを確認。

「よし！　行くぞ！　ブラッドフラワー！」

発動すると体が勝手に高速で動き、狙っていた悪行河童に向かって突撃、ズバァッと斬る手応えとともに気付いたら悪行河童の後ろにいて両腕を上げていた。

ザシュッという効果音が聞こえたぞ。

「おおおー！」

「派手でござるなー！　カッコいいでござるよ！」

「派手ねー」

「解体武器持ちには人気の技だよな。威力は……絆の嬢ちゃんだとすげーみたいだな。他の奴と比べる次元じゃねえ」

「絆さんもやりますね」

「いいねーお兄ちゃん！」

振り返ると悪行河童に血飛沫《ちしぶき》が発生し、まるで血の花を咲かせている様なエフェクトが発生していた。随分と派手な技だ。

「ギャ——!?」

で、悪行河童がバラバラに斬り裂かれ、解体されて素材をドロップした。

パチパチと皆が祝ってくれる。

「フィニッシュ技の様でござるな」

「解体の手間が省けて良いな」

その分、コストも考えないといけないけれど。

そうしている内に目標数の討伐も終わりそのまま惰性で狩りをして、キリの良いタイミングを見て街に戻った。

日も暮れてきたという事でその後は宿で休む事にし、みんなは思い思いに休息を取るのだけど、俺は橋の上で相変わらず釣りをしていた。ここのヌシは何だろうな。

「お兄ちゃん。悪行河童のクエストが進んだよ」

「洞窟内に悪行河童の親玉がいるから倒してくれだとよ」

で、皆で晩飯を食べた後にも釣りをしていると紡とらるくが報告に来る。

なんだ？　面白い事はもうないぞ？

ちなみに晩飯はニジマスの塩焼きと河童鍋にした。

もちろんてりすと一緒に協力スキルで作ったので完成品の品質は高く絶品だ。

闇影が微妙な顔をしていたけれど、すっぽん鍋と同じ味だと言っていた。

闇影っていろんなものを食ってるな。

尚、尻子玉《しりこだま》も闇影に食わせたぞ。コリッとして不思議な食感だった。

「本当、お約束のクエストだな」

「そうだねー」

「そういうなよ。絆の嬢ちゃん」

「これが終わったら次の関所を越えられそうですので行きましょうか」

「俺はここのヌシを釣ってから次に行きたいがな」

「いつ釣れるかわからないから次に行くのが遅れそうですね」

「いや、次の街とかに行けるならそっちを拠点にすれば良いさ。あっちにも釣り場があったら考えるけどさ」

移動費自体はそこまでかからないし、出来る限りは皆と狩りを楽しみたいからな。

「気を使っていただき、ありがとうございます」

「それはこっちのセリフだよ」

未知の釣り場が俺を求めている！

そう思いつつ、ここの罠《わな》で釣れた魚を分析する。

ヌシアユは第二都市で釣れているからヤマメとかそのあたりだろうか？

釣りの勘が告げている。周囲の状況から渓流の魚じゃない。

ニジマスかウナギが怪しいな。

ウナギ釣り用の仕掛けを施そう。確かシンプルに餌釣りで引っかかる。

夜釣りが無難だ。徹夜になるかもしれないが挑戦してみよう。

「じゃあこの釣り場のヌシを求めて俺は夜釣りをするから」

「わかりました。じゃあ隣で見てましょうかね」

「硝子達は頑張っていたから早めに休んでいてほしいんだけどな。キリの良いところで切り上げて俺も寝るからさ」

一応俺が上手く立ち回れたのは硝子達が上手に敵を引きつけて攻撃を逸《そ》らしてくれていたからだ。

ディメンションウェーブにおいて肉体的な疲れは感じないけれど、精神的な疲れは十分にあるはず。

　そういった面で硝子達にはゆっくりと休んでもらいたい。

「絆さんがそこまで言うのでしたら……では、宿の部屋からも絆さんが見えますし、見てますね」

　いや、見られるのもどうなんだ？

　とは思うけれど、突っ込むのも面倒なので流す事にした。

　一緒に釣りとか頼めばしてくれそうだけど、硝子達も俺への接待で疲れているはずだ。

「らるく！　もっといろんなクエストを探して私達で出来そうなのはクリアしてきましょうよ！」

「そうだな！　明日合流なー！」

　で、らるく達は休まずに出かけてしまった。

　元気な二人だよなー……。

「お兄ちゃんおやすみー」

「おやすみ」

　という訳で硝子と紡は先に宿に戻って休んでもらう。

　闇影としぇりるも何処《どこ》かで硝子に声を掛けられて部屋で休んでいるだろう。

　……釣竿《つりざお》を垂らしていると、宿の部屋から硝子がこっちに手を振り、椅子に腰かけてこちらをぼんやりと見ているのが見えた。

橋の上にランプを置いているから俺の場所はひと目でわかるのだろう。

川の流れを見ていると平和だと感じさせるね。

†

餌釣りをして数時間。

釣果《ちょうか》は上々……やっぱりルアー釣りやフライフィッシングよりも餌釣りの方が食いつきは良いか。

そもそも夜間のフライフィッシングは色々と危ないしな。

「ヒット！」

ヒョイッと釣り上げ成功。

ウナギが釣れた。やっぱりこの川ではウナギも釣れる様だ。

夜釣りだと釣りやすいな。

もっと数に物を言わせた釣りをすべきか？　みんなウナギが大好きだし。

フィーバールアーが使える時だけ釣りをするって手もない訳じゃないがそもそも場所によっては戦わねばならない魔物も引き寄せてしまうっぽいし……。

今は気楽に釣りを楽しみたい。

そういえば紡が、うな重を食いながらＶＲＭＭＯにおける料理の味に関する話をしていたっけ。

ダイエットに使われたりするし、お金のない人がゲーム内で美味《おい》しく料理を食べて食欲を解消したりするとかそんな話。

ただ、なんかそれで死にかけたプレイヤーがいるせいで、既存のＶＲＭＭＯでは味に制限が掛かってるとか聞いた覚えがある。

まあディメンションウェーブは現実でのプレイ時間は数日以内なんでその心配は無用って事で味がしっかり再現されているのかもしれない。

なんて事を思いながら釣っていると……ガクン！　っと一際強い引きが来る。

「お？」

なんだ？　何が掛かったんだ？

慎重にリールを巻いていく。

スタンショックを同時に作動させて魚の弱体化を図るのだけどそれでも引きが強い！

これは……もしやこの川のヌシを引き当てる事が出来たのか⁉

キリキリと糸がどんどん持っていかれるが負けじとリールを巻いていく。

「絆さん。大物が掛かったみたいですね」

そうこうしている内に、宿の部屋で見ていた硝子が近くに来て声を掛けてきた。

「ああ、見に来たのか？」

「ええ、手伝いをしますか？」

「いや、今回は大丈夫そう」

「そうですか」

「みんなは？」

「寝てますね。しぇりるさんは何やら機械と木工をしている様でしたが」

そっか……とは思いつつ、硝子が見守っている中で俺と引きの強いヌシらしき魚との攻防は続く。

水面を見る限りだと……大きな蛇、いや……。

「ああ、ウナギみたいだな」

グネグネと随分と暴れる。

電動リールに張り合うとかどんだけだよ！

だが、地道な電気ショックにより大分弱らせた！

「これでトドメだ！　一本釣り！」

バシャッとその大きなウナギを釣り上げる事に成功した。

よっし！

「フィッシュー！」

ビチビチと釣り上げられて跳ねる魚に勝利のガッツポーズを取ると硝子が拍手をしてくれた。

「さーてと……魚影でわかっているけれど何が釣れたかな」

と、確認すると案の定大きなウナギだった。

「大きなウナギなのでオオウナギで良いのですか？」

「いや、実はオオウナギは別にいるんだ。そっちは地方じゃカニクイって呼ばれていて別種」

「そうなんですか？　知りませんでした」

誤解しやすいよな。魚の豆知識といったところだ。

ゲームを始める前に事前に色々と知識を蓄えていたお陰だな。

「たぶん、法則からするとヌシウナギだと思う」

「なるほど……」

とりあえずスクリーンショットを撮って……ヌシの場合は自動で水族館に登録されるから気にせず解体してOKだ。ただ、今回はちょっと保留する。

でっかいなーウナギがそのまま大きいぞ。

捌《さば》いても味が大味になりそう。試食はするけどさ。

「運が良かったですね」

「あっさり釣れてよかった！」

幸運に感謝だな。釣り上げた興奮は堪《たま》らないもんだ。

「明日皆さんに話しましょうか」

「そうだな。明日の朝自慢しよう。もう飽きられ始めている様な気もするけれど」

「それはそうですが、絆さんが釣ったヌシの素材で良い武具が作れる事が多いので皆さん、実は期待していますよ」

確かに……だって俺の持っている武器の大半はヌシを釣って作った代物ばかりだし。

「紡はこのヌシウナギで蒲焼《かばや》きが食べたいとか言いそうだな」

「そうですね。なんて言いますか人が変わった様に、うな重を食べていましたね」

ウナギに飛びつく庶民これ如何《いか》に……。

「このウナギを解体して得た素材でどんな武具を絆さんは予定していますか？」

「うーん……実のところ決めてないなぁ。ただ、ウナギから連想すると毒付与とか付いてそうなイメージ」

「それはなんで？」

「ウナギって火を通さないと毒があるから」

「ああ……なるほど、ありそうですね」

「それと地味に解体難易度自体は高めなんだ」

ぬるぬる滑るせいか、俺は出来たけれど中途半端な解体の技能じゃ失敗するのは目に見えている。

「明るくなってから解体するのが良さそうだね」

「ええ」

「じゃあ、目標も釣れたし、早めに切り上げよう……その前に仕掛けの確認っと」

橋の下に仕掛けた竹筒を確認して、収穫をして再設置っと。

ウナギが四匹かかっていた。

「じゃあ宿屋に戻りましょう」

「うん」

こうして思いのほか早くヌシを釣り上げて宿へと戻った。

七話　美味しいカニ料理

翌朝。

「わぁああああああ！」

「蟹でござる！」

「クラブ……」

朝食にと俺は茹《ゆ》でた蟹をセットで皆に出した。

「朝からすごく豪勢だね！　お兄ちゃん！」

紡の目がキラキラしている。ごちそう三昧《ざんまい》に血が滾《たぎ》っている感じだな。

「カニ鍋も作ったから好きに食って良いぞ」

「いただきまーす！」

「硝子もカニ食うか？」

「私は……」

ちょっと返事に困った様子の硝子、朝からヘビィなのは避けたいけど周りの様子から言いだせない感じか。

「気にしないで良いさ。焼き魚定食も用意してある」

ポンと硝子には焼き魚の定食を提供すると、硝子は嬉《うれ》しそうに受け取ってくれた。

「ありがとうございます」

「俺も朝食は軽めにしたかったからね」

「絆の嬢ちゃんと硝子の嬢ちゃんは対応が大人だな」

「そんならるくはどうなんだ？」

「そりゃ合流前に山ほど賄《まかな》いで貰《もら》ったから軽く焼き魚定食にするぜ」

「てりすも定食を貰うわねーそういえばカニってみんなで食べると無言になって気まずくなるわよね」

てりすがカニを食べる時のあるあるを言っている。

あれってどんな現象なんだろうとは俺も思う。

幸い、我がパーティーは黙々と食べるって事はない様だが。

「これはベニズワイガニでござるな！　ズワイガニには劣るでござるが美味《おい》しいでござる！」

「そうなの？」

「そうでござるよ。カニバイキングなんかで使われるのはこのベニズワイガニなのでござる。代替品でござる」

闇影、よくわかったな。茹《ゆ》でガニにしたらアイテム名が変わるのでわからないかと思ったが味だけで判断しやがった。

　夢中でカニに群がる紡と闇影としぇりるを余所《よそ》に俺達定食組は朝食を終えた。

「お兄ちゃん！　カニお代わりないのー？　もっと食べたい」

「紡殿、わがままを言ってはダメでござるよー」

「あるぞー」

　ポンとカニを追加する。すると闇影も目を丸くして追加分を食べ始める。

「まさにバイキングでござる！」

　しぇりるはキリの良いところでやめて口元を拭いている。

　それから紡は出した分だけカニを食べ続けた。

「紡殿はいつまで食べているでござる」

「だってー」

「幾らでも入る」

　ここでしぇりるが呟《つぶや》く。

　ああ……ディメンションウェーブというゲームのシステム的な事なのだろうが、食事に関して満腹感はあるのだけど食べようと思えば幾らでも食べれる様なのだ。

　紡は満腹感があるのに詰め込みまくっている。

「紡の嬢ちゃん食ったなー」

「すごいわねー」

「このまま食べていたら胃拡張とかの熟練度が上がりそう」

……ありそうだな。大食い用の技能とか。

魔物をそのまま食べるとかもシステムであったら怖いぞ。

「ま、飯はこれくらいにして、昨日ヌシを釣ったぞー」

「おめでとー！」

「おめでとうでござる」

と、みんなが俺を祝ってくれた。

ならば……という事でヌシウナギをボンと出す。

「わー……でっか！　ウナギデッカ！」

「大きいでござるな。オオウナギとも異なる大きなウナギでござる」

「そう」

「毎度毎度よく釣り上げるもんだって感心するるぜ」

「ねー。とはいっても狩られてないボス戦みたいな感じなのかもしれないわね」

「なーる。放置されたボスとかそんな感じだな」

っとまあ皆の反応を確認してから俺はウナギの解体に入った。

得物が良くなったお陰で解体はどうにか完了した。

途中で失敗しそうでヒヤッとしたけどな。

中級王者の皮、中級王者の鰭《おひれ》、中級王者の軟骨、中級王者の粘液、鰻《うなぎ》の大皮、鰻の大軟骨、最高級鰻の肉。

を、手に入れたぞ。

「中級王者……ニシンのヌシが低級王者だったから汎用的《はんようてき》な素材だな」

ヌシの一部はこういった同一規格の素材が入手出来る様になっているのだろう。

今まで変わった素材ばかりだったのは運が良かったのかはたまた……。

「お兄ちゃん、このウナギでうな重は？」

「アレだけ食ったのにまだ食うのか、お前は」

「だってー」

「それはこの素材が武具に使えるか否かを確認してからでも遅くない」

「ぶー」

本当、底なしの食いしん坊が！

「良い食後のパフォーマンスだったでござるよ」

「だな。変わった現象が起こった訳じゃねえから見逃しても安心だぜ」

闇影の謎の感想、らるく達もそうだが別に見世物にしていた訳じゃないぞ！

「それじゃあ早速悪行河童のボスを倒しに行くのでござるな！」

「ああ、闇影、尻子玉《しりこだま》を抜かれない様にな」

「だから拙者《せっしゃ》にだけなんで言うでござるか！　てりす殿も狙われる可能性は高いでござるよ！」

「えーじゃあ、てりす注意して魔法使うわーみんなに強化魔法を使うだけにしようかしらね」

「ずるいでござる！　てりす殿も狙われてほしいでござるよ！」

だってな？　闇影がそのポジションだし。

なんて雑談しながら俺達は悪行河童のボスを倒しに行った。

結果だけで言うと悪行河童のボスは洞窟内の奥にあるオブジェクトを調べる事で出現し、戦闘となった。

普通の悪行河童の三倍くらい大きい河童で、攻撃も苛烈だった。

ブレイブペックルを召喚して守りに専念させたので損害は軽微だった。

結構ブレイブペックルは耐久力が高いので助かる。

俺は釣竿《つりざお》のスキルであるルアーダブルニードルで援護をし、硝子や紡、しぇりる、らるくの猛攻と、闇影とてりすの強力な魔法でボスは思いのほか楽に倒す事が出来た。

尚、闇影が尻子玉《しりこだま》を二回ほど取られた事はここに記述しておく。

てりすは上手いこと狙われない様にしてたな……間合いを把握するのが上手だ。

魔法反応の魔物だからだろうって事だったが、闇影の被弾率をどうにかした方が良いかと思うな。

「大きな河童だったでござるなー」

「そうだな」

「これでクエスト達成だぜ。こういう隠しクエストがあるってのが醍醐味《だいごみ》だな。おい」

らるく達はこういうクエストを探して色々とNPCから情報を仕入れるのだろう。

今回のクエストはどんな報酬があるんだろうな?

尚、解体した際の素材は大河童と付いただけで普通の悪行河童とほぼ同じ素材だった。

「歯ごたえは十分ありましたね。次の関所を抜けた先が楽しみです」

「そうだね！　次はどんな魔物と戦えるかなー」

かなり順調な行程を踏んでいるな。

なんて思いながら次の関所まで来た。

手形を見せるとNPCが門を開いてくれて進む事が出来た。

道なりに進んでいく……まずは泊まれる所を確保するのが大事だよな。

なんて感じで半日ほど道なりに皆で雑談しながら歩いていくと新たな街というか前回と

同じく、宿と一部の設備がある中継地点に到着した。

今回は……お祭り会場みたいに出店《でみせ》が並んでいる中継地みたいだ。

「わーなんかお祭り会場みたいだね」

「まんまそれみたいだぞ？」

祭囃子《まつりばやし》が聞こえてくる。

入口にいるＮＰＣがお祭り町という説明をしていた。

「かき氷とか売ってるな」

「りんご飴《あめ》もあるでござるよ。提灯《ちょうちん》がぶら下がっていて楽しそうでござるな！」

「問題は俺達しかプレイヤーがいないせいかＮＰＣを入れてもやや簡素な感じな点か」

賑《にぎ》やかな雰囲気ではあるのだけどお祭り独特の人が多すぎるって雰囲気ではない。

どっちかと言うと寂れたお祭り会場って雰囲気が悲しいな。

祭の賑やかさって人の賑やかさだって聞いた事があるけれど、本当かもしれないな。

まあ、ここもいずれは人が沢山来る事になるだろうけどさ。

「楽しそうじゃないですか。雰囲気を楽しみましょうよ」

「まあなぁ」

「お祭りって雰囲気で俺はこの町好きだぜ」

「良いわよねー縁日」

で、出店《でみせ》以外の木造っぽい建物を確認。宿屋に飲食店？　っぽい建物と……NPCが無数に集まっていて進めない店がある。

「アレはなんでござるか？」

「えっと……」

「フリークショー」

しぇりるが少し離れた所にある梯子《はしご》に足を引っかけて上から眺めながら言った。

フリークショー？　なんだそれ？

「フリーク？」

「見世物小屋だな」

「……そう」

「見世物小屋ね……何を見世物にしているのかわからないけれどNPCが多くて中に入れないな」

「夜になるとNPCがいなくなるとかのイベントかな？」

お約束だけどそれって何を見世物にしているのかを確認してからじゃないか？

ちなみに看板には……なんか羽衣を着けた女性が描かれている。

天女って感じ？

どう考えても何かクエストのフラグだろう。

「どうでしょうか……どちらにしてもこの中継地点をしばらく拠点にしてクエストを達成していく形ですね」

「周囲で情報収集するのと、クエストカウンターを確認してくるねー」

「ここに入るクエストが何処《どこ》かにあるってか！　てりす！　探すぞ！」

「もう、らるくは落ち着きなさいよ」

「ああ。んじゃらるく達に探してもらうとしてー俺は……っと」

「このお祭り会場には川や井戸はなかったでござるよ。絆殿」

「馬車で前の中継地点に移動しますか？」

闇影が注意し、硝子が気を利かせてくれる。

「甘いぞ闇影、俺にはここで釣りが出来る所があるのをわかっているぞ」

「この中継街にありました？」

「なんだ？　お前ら、絆の嬢ちゃんが向かう所なんて一つだろ」

この中で一番理解が早いのはらるくだったか、俺が何処に行くか目で場所を指定して言う。正解だ。

フフフ……と、俺はみんなを連れて最寄りの……金魚すくいの出店の前に行く。

「そこは釣り場じゃないでござるよ！」

知らないなぁ？

「いらっしゃい！　金魚すくいは一回10セリンだよ」

「ほい」

NPCに10セリンを渡す。

「まいど！」

すると金魚すくいのポイを三個渡された。

ポイを使わずに釣り糸を垂らしていると……。

「絆さん……」

「幾らなんでも病的すぎるでござる」

「期待通りね！　絆ちゃん」

なんか硝子達がドン引きしている。

ここに水場があるんだぞ！

「絆さん、普通に遊びましょうよ。さすがにそこにヌシはいないと思います」

「そうか？」

「お客さん、さすがにそれはやめてくれよーこっちのでやってくれよな？　一回30セリンだぜ」

っておもちゃの釣竿《つりざお》が追加された。

こんな所にフラグだと？　なんて見つけづらいイベントなんだ。

さすがにネタでやっていたんだけど……。

「ここでも隠し要素が顔を出しているでござる」

「出店《でみせ》の水槽に釣竿を垂らすなんて事を想定しているのが凄《すご》いです」

「すげーな！　ここまで想定してるとか、どんだけ隠し要素があるのか感心するぜ」

「絆ちゃんの行動は予測を超えているのにクエストまであるとか本当、驚きよねー」

「ホイ」

っとみんなを無視しておもちゃの釣竿を借りて水槽に垂らす。

チョコチョコと何かが食いつく感覚！

「フィッシュ！」

ピョンと金魚を釣り上げる事に成功！

「みんな！　金魚が釣れたぞ！」

「そうでしょうね……」

「もうツッコミを入れるのも疲れたでござる」

もはや釣り堀みたいなもんだよな。

金魚……精々出目金とかが釣れるくらいだろう。

「では絆さんはここで釣りをしていてください。私達がクエストを探してきますから」

「了解」

って事で解散となり、俺は金魚すくい店で釣り糸を垂らし続けたのだった。

釣果《ちょうか》で言うと琉金《りゅうきん》に出目金、江戸錦など、思ったよりもバリエーションのある金魚が釣れた。

他にドジョウとミドリガメ、カエルも釣れた。

ミドリガメは現実だともう禁止されているはずだが、ここは昔の再現って事で良いのかな？

そうこうしている内に硝子達が新たなクエストを見つけてきた様だ。

納品クエストに始まり、魔物の討伐クエストとかが無数に発見出来たっぽい。

「あの見世物小屋に入るクエストが見つからねえ……もう少し探すぜ」

で、らるく達は報告だけして再度クエスト探しに行ってしまった。

「悪行河童のボスを倒した事で更なるクエストがあったみたいです。ただ、今回は納品クエストでしたね」

「うん。河童のドロップ品を渡せば良いだけだったから尻子玉《しりこだま》を規定数渡したらすぐにクリアだったよ」

「エンチャントのヒント」

「アルトさん達に尻子玉を持って行けばいいと思うよ。新しい付与が出来るみたい」

ああ、そういったヒントなんかも教えてくれるのか。

「ロミナさんもこのクエストを一緒に達成させたら鍛冶《かじ》のレシピが増えそうな感じだったよね。職人っぽい人に品定めされたし」

「そうですね。鍛冶技能持ちが必要な感じの事を言われました」

「ま、しばらくここでクエストをしてからでも良いんじゃないか？　あとでロミナを呼ぼう」

「そうだね！」

って感じでそれから数日ほどはこの中継街近隣で魔物を倒したりアイテムの調達などをしたりしてクエストを達成していった。

俺は金魚すくいの出店《でみせ》で金魚のヌシが釣れないかと張り付きを行ったぞ。

釣る事は出来た。錦柄の大きな金魚が水槽から釣れて硝子達が呆《あき》れかえっていたのが印象的だった。

解体したら低級王者の鱗《うろこ》とかが取れたな。ニシンと同じ階級のヌシだったっぽい。

別の中継街に移動するのが面倒だったので更に金魚すくい店で釣っていたら今度はヌシドジョウも釣れたぞ。

やはり低級王者の～シリーズだったけどさ。

この素材でまた何か作るのも悪くないな。それと採掘場に行った。

採掘ポイントにドリルを当てる作業をして鉱石を稼いだ。

しぇりるからドリルを貰《もら》って削岩したぞ。新鉱石は魔法鉄ってやつだった。それと鍾乳石とルビーとか宝石類。

「大分物資も溜《た》まってきたね」

「そうでござるな」

色々と新たな中継地点の物資が集まっていっているのは事実だな。

島主特権で購入出来る装備のラインアップを確認すると、この街の装備はお祭りシリーズの様だった。

効果としては外見だけのネタ装備だったな。

街にいる時限定で俺も法被とか着たぞ。

お祭り気分でヒャッハーだな。

お面とか頭に着けたりして、ずっとお祭り会場って感じの雰囲気が良い中継街だ。

「ここのクエスト、何処《どこ》にあるんだよ」

らるくが相変わらず昼も夜も人が群がっていて入れない見世物小屋を見ながら愚痴《ぐち》る。

「どこかから連なるクエストとかなんじゃないか？」

「たぶんね。もしくはアップデート後に来るとなんかある感じだと思うよ」

「くっそ……ここまで来たら絶対に見つけてやるからな」

無理矢理入る事は出来なかったらしい。

らるくの執念は凄《すご》いな。そんなにも入りたいのか？

「それで……ちょっと俺は雑務でカルミラ島へ戻りたいんだが、皆はどうする？」

硝子達とは大分狩りが出来たと思う。

なので一度様子を見に行った方が良いかと思い始めている。

「お兄ちゃんが島の方のクエストをする事でも次の関所を越えるポイントを稼げるしなー」

「少しマンネリですし、またここに来るまで絆さんの手伝いをするのも良さそうですよね。確か魚竜《ぎょりゅう》って魔物が出ていて私達がいないと勝てなさそうなんですよね？」

「そっちの様子を見に行くのも良さそうでござるな！」

「お兄ちゃんのお陰で食事も豪華だしね」

ウナギに始まりカニなど、最近はよく出しているからなぁ。

紡の食いしん坊のハードルが上がっている。

他にも手に入る高級食材はあるにはあるが……。

「んじゃ今度は俺達がこっちでクエストやってるからよ。硝子の嬢ちゃん達と交代で良いんじゃねか？」

「了解、らるく達はこっちでクエストを任せた。残りは俺と一緒に行こう」

この時、みんなは俺を疑う事はなかった。

いや、正確には俺もよくわかっていなかった。

全ての元凶が死の商人であった事を先に明記しておこう。

「ええ」

「カニ装備も欲しいし丁度良いね。いこー！」

「船が懐かしいでござるなー！」

と各々が参加を表明した。

「……」

「どうした？」

「別に……」

この先に待ち受けている事が何なのか、察していたしぇりる以外は知る由《よし》もなかった。

八話　カニ籠漁《かごりょう》

船に戻った俺達は一旦、カルミラ島に戻り、アルト達と合流した。

ロミナに素材を預けたら、大層喜ばれたぞ。

あとでロミナとも中継街のクエストをやる約束を取り付けた。

「お兄ちゃん！　カルミラ島でカニの食べ放題バイキングやっててね、カニ缶が売ってたよ！」

紡のテンションが凄《すご》いな。割と毎日食っているくせに。

それからアルトを船に乗せて一路、漁へと出かけた。

二日後、流氷漂う海域での事……。

「よーし！　今回の水揚げだぞー！」

「……」

「……」

「……」

闇影としぇりると紡の目が死んだまま俺が引き揚げて船に積むカニ漁のカニやその他の

魚などを無言で船の倉庫に搬入していく。
設置した罠《わな》を、再設置して再度捕れるまでの間に船を移動させ、船内でカニを茹《ゆ》でる。
茹でるだけならペックルでも出来る、技能も要らない。けど料理技能の経験値が入る。
船の中に増設した厨房《ちゅうぼう》で鍋を並べて片っ端からカニを茹でる。
茹であがったカニを、ペックルと硝子達に渡し、カニ缶などに加工。
この作業をずっと続けている。
最初は楽しげにしていた紡もどんどん目が死んでいった。
「これはなんでござるかー！」
とうとう闇影が叫んだ。
ツッコミ遅いな。二日もやっていたぞ。
「お兄ちゃん、このクエストいつ終わるの？　長すぎるよ！」
などと妹が訳のわからない事を言い始めた。
「え？　クエスト？」
クエスト？　そんなのあったっけ？
領主クエストなら合流前に終わらせたはずだが……？
定期的に更新するんだが、その分も終わらせたしな。
俺は首を傾げながらアルトの方に顔を向ける。

するとアルトは何故《なぜ》か顔を逸《そ》らした。どうやらまた何かやらかしたらしい。

「ちょっと待って、お兄ちゃん。これ違うの？」

「ついにばれてしまった様だね」

アルトが正体を現した。

一時間で文句を言うかと思っていたのに随分と気が長いな、付き合いが良いな、と思っていたらアルトに騙《だま》されていたのか。

「これはカニバイキング用の加工業務だが……」

さすがにらるくも軌道に乗ってからは手伝ってくれなかった。

「え？　あれってプレイヤーがやっている店だったの⁉」

「なんでこんな事をしなきゃいけないでござるか⁉」

「お金を稼ぐためだよ」

「これはクエストではないでござるのか⁉」

「ああ、そっちに勘違いしていたのな」

確かに領主クエストは俺とらるく、アルトだけがやっていたから、申し訳ないと思って手伝ってくれていたのか。

尚、カニ缶の方は非常食になる。

他にも回復剤の材料になるらしく、市場では安定供給しているお陰で高品質の回復アイテムが出回りだしているのだとか。

曰《いわ》く……カニポーションと言うらしい。

調剤系の技能を持つアルトと契約したプレイヤーが作っているそうだ。

茹《ゆ》でガニはバイキング行きで他の端材はカニ装備行きだ。

カニ装備はロミナも結構作っている。

実は必要素材が膨大なんだけど、数さえ処理したら案外作れる。

ロミナ曰く、本来の作り方ではなく、空き缶商法の亜種だって話だけどな。

本来はこの近海にある島に出現する大きなカニ型の魔物の素材で作る装備が正式なものらしい。

クエストクリアでアンロックされたのは間違いないけど本命は別というやつだ。

問題はその件《くだん》のカニ型の魔物が経験値的には不味《まず》いモンスターだという事。

更にカニがモデルのモンスターだけあって防御力が高い事も狩り場の人気を押し下げる要因なっている。

雷属性の魔法攻撃に特化しているパーティーが金策のために狩る程度だとかなんとか。

それもそこまで人気がある訳ではなく、もっとうま味のある狩り場が沢山あるので避けられがちだそうだ。

挙句《あげく》、俺達がカニ系の品々を安く売却し始めたので更に人出が減り、ＭＭＯによくある死にマップと化した。

良く言うなら……人が全然いないから孤独感を楽しめる、幻想的なフィールドだ。

「なんで拙者《せっしゃ》達はクエストでもないのに蟹工船《かにこうせん》をしているでござるか！」

「蟹工船なんてよく知ってるな」

蟹工船というのはその昔、酷《ひど》い労働環境で働かされた人を描いた悲惨な小説である。

「そうそう！　もうカニ飽きた！」

「とはいっても、カルミラ島のカニ関連は俺達がやっているお陰で支えられているモノだったりしたんだけどな」

「安心して良いよ。もちろん報酬は山分けする。カニバイキングは凄《すご》い人気があるんだ。みんな満腹でも食べるからね」

「ゲームシステムの闇でござる！　満腹でも食べられるから時間ギリギリまで食べるのが常習化してしまったせいでござるな！」

正解だ。カルミラ島を中心に広がっているカニバイキングの元締めはアルトだ。

そして俺に紹介した最初のアイテムがカニ籠《かご》で設置型の罠《わな》だった訳だ。

アルトのコネと俺の財産で海中に設置して、見える人には島にも見えかねないほど設置したカニ籠で捕れたカニでカニバイキングやクエストを達成している。

もちろん投網漁なども併設していたが……もはや業務の域に達した。

その影響で罠《わな》の技能……あっという間に上がったんだよなぁ。

熟練度判定があるらしくてさ。

「闇影くん達は罠が便利だって言ってたから、いつでも覚えられる様に参加させていると言うのに……」

カニ籠《かご》は設置する手間が激しく面倒で、金がかかるんだ。

けれど一週間かけて各地に設置したんだから、環境が整い採取は大変でもない。

餌の仕掛け直しとかはやや面倒だとは思うが、これを楽しむのがゲームというものだ。

「余計なお世話でござる！　なんでござるかこの実績の数々は！　マナがあればあっという間に罠技能の上位スキルを習得出来るでござる。らるく殿達もクエストをやると知っていて逃げたでござるな！」

「すごいだろ？　らるくの方は判断に悩むな。途中まで手伝ってくれたし」

「失念してた……お兄ちゃんにスローライフ系をさせると画面ビッシリになるんだよ。こういった時間経過で勝手に作業してくれる設備を大量に設置する人だった！」

「楽だからな」

「限度ってモノがあるよ！　アレ、前にやりすぎて処理落ちしてたじゃん！　あの超農業クソゲー！」

黒歴史を例に出されてしまった。

前に牧場系のゲームで設置出来る便利アイテムを置きまくったら処理落ちしてデータが壊れた事があるのだ。

相当やりこんでいたので一日くらい凹んだ。

さすがにフィールド全部を設置アイテムで埋めるのは想定されていなかったらしい。

美麗グラフィックと田舎の雰囲気が売りのゲームだったのが敗因だな。

多分グラフィックが２Ｄや安い３Ｄなら当時のマシンスペックでも大丈夫だったはずだ。

と、今でも少し引きずっている。

「うるさい。そんな事は忘れた！」

「スローライフ系のゲームってさ、大抵主人公はスローとは名ばかりの圧迫スケジュールになるよね。いやー、僕も絆くんがここまでしてくれるとは思わなかったよー」

確かにあの手の牧場経営系のゲームって朝早くから働いても、深夜まで働けるからなぁ……。

そして普通にやったら延々とコキ使われる事になる。

リアルであの生活をしたら絶対に過労死するだろう。

牧場要素のないアニマルな住人達と交流するゲームですら、大抵は住人達にパシリにされて主人公はあっちこっち走り回る事になるんだ。

深夜に虫取りや魚釣りをするなんて当たり前だ。

そういう意味でスローライフ系ゲームの宿命なのかもしれない。

ここまで無理が出来るのもディメンションウェーブがゲームだからだ。

生身の肉体だったらとっくの昔に疲れ切っているだろうし。

「嘘《うそ》だ！　お兄ちゃんの性格をわかってるはず！」

「絆殿が黒幕に見えてアルト殿が黒幕でござる！　想像通りでござる！」

ちなみにブレイブペックルの頭装備をベレー帽に変えて軍曹風にさせている。

ここはペックル達の地獄の職場だ……なんてな。

さしずめ闇影達は囚人だ。

「まあね！　いつもの事だよ」

「この死の商人！」

まあ、アルトが死の商人なのは否定しない。

というか、いつもの事という自覚があるのかよ。

「ゲーム参加プレイヤー全員分のカニをお兄ちゃん達が確保してるんじゃないの⁉」

「ははは、そこまで……かもね！」

おい、否定しないのかよ。

「さすがのこのゲームもＭＭＯだからね。上手い人や成功している人がいたらすぐに模倣《もほう》する人が出てくるんだけど、カニ籠漁《かごりょう》は現在の相場だと結構高い投資が必要だからね」

確かにカニ籠は一個一個が結構高いんだよな。

それを……1000個くらいはあったはず。

定期的にアルトが材料を持って来たり、カニ籠自体を購入したりするから、実際の数がどんなものなのかわかりづらい領域になっている。

俺も作れる様になったぞ。

とりあえず設置してある場所全部から回収して、餌を入れて再設置している感じだ。

追加のカニ籠があればついでに設置していく。

設置して一定時間経過しないとカニや魚が手に入らない、というのもある。

俺の場合、この設置時間のお陰で硝子達と遊べるので助かっているが。

もちろん設置する場所や設置時間で手に入るカニや魚の種類、量が変わる。

「何より、この量だと設置したカニ籠を回収しに行くのも面倒だからね。絆くんみたいなマメな人じゃないと模倣は難しいと思うよ？」

「知ってるよ！」

「それを何故《なにゆえ》、拙者《せっしゃ》達がやらされているのか聞いているのでござる！」

確かに闇影の言い分もわからなくもない。

妙に付き合いが良いな、と思っていたんだけどクエストだと思っていたみたいだしな。

「いや、なんかすまないな」

「ううん、大体あの死の商人が悪いんだし、いいよ」

おお、妹が許してくれた。

アルトが悪役を引き受けてくれている様だ。

というよりは俺のゲームスタイルを理解しているからだろう。

「とはいっても、小規模ではあるけど僕らのマネをしている人達も結構いるんだよ？」

アルトが話題を逸《そ》らそうとしているのか、他プレイヤーの話を始めた。

先ほどもアルトが言っていたが、ディメンションウェーブはＭＭＯだから強い人や金持ちのマネをする人は多い。

その方が早く強くなれるし、お金も稼ぎやすいからだ。

当然ながら良い狩り場や強いスキル、便利なアイテム、装備はすぐに発見されて、みんなが使い始める。

取得方法が特殊なスキルなんかも結構広まっているそうだ。

このカニ籠漁《かごりょう》もここまで大規模なモノは金銭的に難しいが、マネして金策している人がいるらしい。

スキル構成なんかもそうだ。そして推測が簡単な武器タイプだとすぐにスキル構成が広まる。

硝子とか紡とかは強いプレイヤーとして有名だから、扇や鎌に転向するプレイヤーもいるんだとか。

まあ、この二人の場合、プレイヤースキルに依存している部分が多分にあるので単純にマネするのは俺としてはあまりオススメしないが、上手いプレイヤーのマネをしたくなるのは人の性《さが》だよな。

逆にマネされないタイプというと……闇影だな。

俺達のパーティーの魔法担当な訳だが、同じレベルやエネルギー量になった時、闇影は明らかに平均より戦闘力が低くなってしまう、玄人《くろうと》向けなスキル構成をしている。

所謂《いわゆる》ネタビルドってやつだ。

魔法担当ならてりすの方が王道で真面目にやると闇影より単純な攻撃は強い。ただ、敵に狙われない様に加減をしている様だった。

闇影の方は狙われても避ける運動神経を持ってるんだ。

硝子達と一緒に戦えているから闇影のマネする奴が結構出てくるんだけど、維持出来ないか、弱くてやめるパターンだな。

あれ？　そう考えると闇影って結構凄《すご》いんじゃ……。

「僕としては良いんだけど、これで攻略サイトでも見られたら楽なんだけどね。逆に情報の伝達が遅いからこそ儲《もう》けが出る部分もあるんだけどね」

このゲームはログアウトして攻略サイトを見に行く、とか出来ないもんな。

都市とかに掲示板があってスレッドみたいなのはあるんだけど、そこの情報もネットの利便性に比べたら微妙だ。

「だからって転売ばかりはダメ」

詭弁《きべん》を垂れるアルトにしぇりるのツッコミが入る。

コイツ、転売しまくって金稼いだしな。転売という行為は印象が悪い。

それが犯罪って訳じゃないグレーラインだからしょうがないとは思うけどさ。

それでも印象はあまり良くないよな。

特にVRゲームだと実際に顔を合わせる分、争いになりやすい。

「しょうがないじゃないか。僕にとって暇があれば露店街を散策するのが絆くんの釣りみたいなものなんだからさ。明らかに相場より安かったら必要ないものでも買うよ」

う〜ん、やはり咎《とが》められない微妙な発言だ。

別に不正をしている訳じゃないしな。

アルトが頻繁《ひんぱん》に露店街を歩き回っているから装備やアイテムが安く手に入るんだし……

そういう楽しさもあるんだろう。

というか、そんな事をやっていたんだな。

アルトもなんだかんだでマメな性分なのかもしれない。

経験値も熟練度も稼げないという意味では、金策には露店街を散策するのが有効なんだろう。

「でもカニはもういやー！」

「絆さん！」

硝子も甲板《かんぱん》からやって来て抗議の声を上げている。

そろそろ潮時か。ちなみにしぇりるはこの事を察していた。

まあ、白鯨《はくげい》が好きなしぇりるだから早くに気付いたのかもしれない。

しぇりるもその手の関係者が顔を真っ赤にして激怒しそうな海洋動物の捕縛をしたがっていたのでアルト側に属する。

内心、今も鯨《くじら》系の魔物が出てこないか探しているだろう。

次元ノ白鯨以外は今のところいないんだよな。

「ふむ……紡くん達にはカキでも食べてもらおうか。ほら、生ガキもあるよ！」

「カキ⁉」

我が妹は単純である。そう……カキも捕れるのだ。

養殖もあるので、もう少しでカキバイキングも出来る。

おそらく海鮮バイキングが出来る様になるぞ。

「騙《だま》されちゃダメでござる！　カキは美味《おい》しいでござるが、食べたい時に食べれば良いだけでござるよ！　なんで捕る側なんでござるか！」

闇影は我に返るのが早いな。

美食は知るが飲まれないのが闇影の長所なのだろう。

「残念だね、絆くん」

「根気がない紡が頑張るなとは思ってた。ちなみにフィッシングマスタリーの熟練度も上がるんだぞ」

「こんなので上がりたくないでござる！　仲間を増やそうとしても無駄でござるよ！」

そうか……残念だ。

後輩が欲しかったんだがな。

やる気さえあればみんなで釣りに行ける程度には熟練度を稼げたはずだ。

「それじゃあまた魚竜《ぎょりゅう》退治でもするか。もう少し素材が欲しいだろうし」

カニ取りをしている合間に魚竜を皆で戦って倒したりしてガス抜きはさせた。

しぇりるが銛《もり》で勇猛果敢に戦っていた。

もちろん硝子と紡にも手伝ってもらったぞ。

いやぁ大きな魚の竜だったけど口にルアーを引っかけたら案外、動きを弱らせられた。

ちなみに肉の味はウナギに似ていて紡も満足してたぞ。

魚竜素材ってどんな性能になるのかロミナに聞いて誰の装備を作るか楽しみだな。

「アルト殿を舳先《へさき》に括《くく》りつけて餌にしたいでござるよ！」

「賛成！」

「それくらいは良いんじゃないか？」

「絆くん⁉」

何故《なぜ》かアルトが否定的だ。アルトの自業自得だろう。

「絆殿も同罪でござる！」

「結果的にそうなるのか」

知らなかったとはいえ、貴重な数日をクエストでもないのに蟹工船《かにこうせん》で潰《つぶ》したと考えると、そう言いたい気持ちはわかる。らるく達だったら激怒しているだろう。

「事情が事情なので不快ではないですが……」

硝子は優しい事を言ってくれるな。

なんておふざけをしていると……。

『ミカカゲ国からの緊急通信です』

「お？　なんだ？　イベントか？」

全プレイヤーへの告知が聞こえてくる。

カルミラ島がオープンした時と同じ奴だな。

「第二のカルミラ島を開拓したプレイヤーでも出たんじゃない？」

「ミカカゲから？」

あの国にねー……そうなるとこっちはやっと静かになるか？

俺達も観光気分で行ってみるかね。

『先ほどミカカゲ国で魔王軍の侵攻が確認されました。ミカカゲ国も魔王軍の侵攻に対抗するために軍を編制しておりますが数が足りません。どうか冒険者の皆様、お力添えをお願い出来ないでしょうか？』

「あー……これって多分、ディメンションウェーブみたいな感じの大規模イベントだよ。魔王軍討伐クエストってところじゃない？」

「たぶんな。これをクリアすればプレイヤーが普通に入れる様になるってところか？」

『協力してくださった冒険者の皆様には戦果に応じてビザのランクを上げさせていただきますので、どうかご参加お待ちしております』

って声が何度か発せられる。

「ビザのランク上げるって……関所を越えられる程度か……」

「一般プレイヤーはまだ第一の関所を越えた所で四苦八苦してるところだよ？　絆くん達が足早すぎるんだよ。僕がせき止めているせいだけどね」

ああ、カルミラ島の交流クエストをほぼ俺がクリアしてしまった弊害か。

俺達でもクリア出来る程度の受注クエストなのが問題だろう。

それにミカゲに出入りする様になって二週間程度だ。

すぐにクリア出来る様には作られていないだけでしかない。

現に魔物に関してはそこまで強さは上がっていないしな。

「船に戻ってくるまでに第二の関所辺りに他のプレイヤーがいたよ。たぶん、あれが前線組だと思う」

お祭りの中継街の前……川のある中継街辺りにもう他のプレイヤーが来てるのか。

前線組の攻略速度もバカに出来ないな。

あれで戦闘特化だからレベルも高いだろうし。

「で、絆くん達はどうするんだい？」

「そりゃあ参加するよ。ミカゲに行けば良いみたいだしな。らるく達もすぐにこっちに連絡してくるだろ」

「蟹工船《かにこうせん》をやらされるよりは良いでござる！」

「うん！」

俺はこういう過ごし方は嫌いじゃないけど、こういうイベントが発生したならそっちを優先する。

そもそもカニ籠《かご》は一定時間仕掛けておける事が利点な訳だし、あとで取りにくればいいさ。

「みんな俺への対応が冷たいなー結構一緒にいたのに」

「もう絆殿はずっと釣りをしていればいいでござるよ！」

「お兄ちゃんも結構ヤバイよね」

「その絆さんから沢山の高級料理を貰《もら》ってパクパク食べていた紡さんも色々と凄《すご》いと思いますよ」

硝子は結構自重していたもんな。

ウナギは一般的な量を食べていたし、カニとかも詰め込む様に食べたりしていない。

一番食べたのが紡だ。

俺に文句を言う権利はあるが、俺も文句を言える程度に堪能しただろう。

「まあ、いい加減にしないと皆に嫌われるので俺がらるくを連れてしていた事を知ってもらうのはこれくらいにするとしよう」

「……」

しぇりる、その沈黙はどういう意図なんだ？

「飽きもせず黙々とこれが出来る絆殿は凄いでござるよ」

「無駄だと思う事に力を入れるって大事だろう？　効率だけを考えているなら最初からゲームなんてしないさ」

「ぐっ……絆殿に言い返せないでござる！」

闇影もなんだかんだゲーマーなのだろう。

ゲームを楽しむ、という前提は理解してくれた。

「しぇりるさんはケロッとした顔をしているので、職人技能を上げているプレイヤーと戦闘好きのプレイヤーとの違いかもしれませんね」

「拙者《せっしゃ》達はなんだかんだ戦う事に夢中なプレイヤーって事でござるか……らるく殿……恨むでござる」

硝子の言葉は素直に受け入れるのな、闇影。らるくも恨まれてるぞ。

「ロミナさんやしぇりるさんには感謝しないといけませんね」

「僕は――？」

「俺は――？」

「感謝される様に行動してください」

あらら……何事も限度があるという事らしい。

同じゲームをプレイする者同士でも感性は人それぞれなのだ。

「絆殿のお陰で罠《わな》を発見する技能条件も満たせたでござるし、損ではないでござるが」

「乗っている時間が長いから船や海関連の技能も上がる」

フォローを入れるのが闇影の良いところだな。

そんな感じで強く咎《とが》められる事はなかった。

みんななんだかんだで楽しんではくれていた様だ。

「それじゃあ、一旦カルミラ島に戻って、装備を整えたらミカカゲに行っててらるく達と合流するぞー」

「おー!」

こうして俺達はカルミラ島を経由してミカカゲへと一路向かったのだった。

九話　臨時パーティーイベント

「魔王軍討伐クエストってどこで行われるんだ？」

ミカカゲに到着した俺達はイベントに参加するための場所を探しに行く。

「あ、なんか関所に人が集まってるよ。あそこじゃない？」

沢山のプレイヤーが見慣れない看板とＮＰＣに集まっている。

「お？　絆の嬢ちゃん達も来たな」

らるく達も既に来ていた様だ。

俺達も近づくとやはり今回のイベントに関する説明をしているところだった。

ＮＰＣの話でわかった事は魔王軍の侵攻が残り二日ほどまで迫っている事。

フィールドが四つに分かれていて、迫りくる魔王軍の進軍をプレイヤーは四手に分かれて防衛するという事らしい。

固定のパーティーを組んでいても、メンバーが各々別のフィールドに出てしまう事がある。

一度決まったフィールドからは別のフィールドに行く事は出来ない。

出てきた魔王軍を討伐出来ればクエストはクリアになるみたいだ。

「フィールドに出たら臨時でパーティーを組まないといけないってイベントみたいだぜ」

「稀《まれ》にあるよな。こういう出会いを重視するイベント」

オンラインゲームでは稀にこういった見知らぬプレイヤーとの協力イベントというものが存在する。

見知った固定の仲間達との冒険を楽しんでばかりで、新しい出会いのないプレイヤーのためのイベントだ。

新たな刺激は他のプレイヤーとの出会いにありって事なんだろう。

思えば俺達は一緒に行動する様になってからは固定パーティーで楽しんでいる。

おおもとはカルミラ島が原因だけどな。

「絆さんと一緒に戦えない可能性もあるんですね」

「そうなる。上手く戦える自信はないな」

少なくとも俺は正面戦闘に関して得意とは言えない。

前衛の硝子や紡の補佐的に弓矢や釣竿《つりざお》を振るって攻撃する事ばかりだ。

もちろん最近は解体武器でそこそこ戦えるけど、武器の性能で誤魔化している面は非常に大きい。

格下相手ならどうにかなるが格上相手だとエネルギーは赤字を覚悟しなくてはいけない

だろう。

避けるのとかあんまり得意じゃないしな。

ＶＲのゲームってヴァーチャルの世界で身体を動かす関係からか、アクション要素が重要な事が多いんだ。

まあせっかくゲームの世界で凄《すご》い体験が出来るのに、普通のＲＰＧみたいにモンスターを攻撃した時に命中率が低くてミスでもしたら、雰囲気がぶち壊しなのはわからないでもない。

ディメンションウェーブもその例に漏《も》れない。

残念ながら俺のプレイヤースキルだと硝子や紡みたいな動きは期待出来ないんだ。

ちなみに初期のＶＲゲームでは、軽く触れただけでダメージ判定が入り、小刻みに武器を当てるのが効率的な方法、というゲームもあったらしい。

そのあたりはジャンルが成長する過程で淘汰《とうた》されていったみたいだが。

「良いじゃねえか。たまには違う面子《メンツ》とイベントに挑むってのも大事だぜ」

「そうね。固定のパーティーも良いけどせっかくのイベントなんだし出会いを楽しまなくちゃ勿体《もったい》ないわよ」

らるく達の意見はもっともだが、我がパーティーはそこそこ人見知りする奴が混じっている。

闇影としぇりるだな。

闇影は自称するほどだし、しぇりるに至っては察しの良さが求められる。

「もしみんなと別のフィールドに出たら拙者《せっしゃ》無言で戦うでござる」

コミュ障忍者が断言してしまった。

そこは臨時でパーティーを組むとか考えようよ。

「……そう」

……察する事を要求する面倒な奴がもう一人。

「お兄ちゃんの場合は一人になってもペックルを呼んで戦えそうじゃない？　みんなペックルを連れてるし」

「確かに絆の嬢ちゃん、困ったら呼び出してたもんな」

まあ……みんなが連れてるペット枠がペックルであり、普通は一匹のところを俺は大量に呼び出せる。

連携が出来ない臨時の仲間とかよりも役に立つかもしれないのは事実か……問題は俺が戦闘はそこまで得意じゃないという事だけど。

ただ、確かにペックル達を盾に、ブレイブペックルに前に立ってもらえばそこそこどうにかなるかもしれない。

そもそも最近は罠《わな》とかも使う様になっているし……上手くいく事を祈ろう。

「うむ……とりあえず回復薬とかの商品は多めに並べておくのが無難だね」

アルトは徹底して商売特化なので戦場に出るつもりはない様だ。

このあたりはいつも通りだな。

「少しでも見知った相手と戦場で会える様に死の商人も参加したらどうだ？」

「はは、挑発に乗るつもりはないよ。そもそも僕が戦場に出たらこれ幸いにＭＰＫを画策する様な連中も出てくる可能性があるからね」

恨まれている自覚はあるんだな。

「よくわかってるね」

「アルトの坊主はもう少し人徳を得る商売を心がけた方が良いと思うぜ」

「そうでござるな。正直、ここに来るまで船で踏み切り板をさせるか議論したくらいでござる」

いつの間にかアルトの処刑が議論されていたらしい。

「四面楚歌だな、アルト」

「知らないなー」

面《ツラ》の皮の厚い商人だ。

本当、こいつには隙《すき》を見せてはいけないと思う。

「準備をしなくてはいけないのはわかった様だね。それでクエストとはどこでやるんだい？」

今回はロミナも同行している……というかクエストでロミナが何か作れる代物が増えるかもしれないので急いでミカカゲのクエストを受けてクリアしてもらう事になった。

大規模イベントだし、出来るだけ装備を充実させておきたい。

「クエストは任せろ！　このらるくとてりすが丁寧にナビゲートしてやるぜ！」

「そうそう。これでロミナちゃんがどんな報酬が得られるか気になるわ」

「アルトはしっかりと準備をしてくれよ。そのために雇用している様なもんなんだからな」

「もちろんだよ。個人的な商売以外のビジネスに関して手を抜いては何にもならないからね。ついでに他プレイヤーの情報収集もして、上手くイベントを達成出来る様に根回しをしておくさ」

この手のイベントに関する情報は信用出来そうだ。

もちろんうま味がある部分はしっかりと独占するって算段なんだろう。

十話　魔王軍侵攻撃退戦

こうして俺達はロミナを連れて回り、その日の内にロミナがクエストクリアするのを手伝った。

すると推測通り鍛冶《かじ》技能が高い人物が得られる新レシピが解放された。

更なる派生で色々と作れるものが増えるらしい。

ますますロミナが成長をした感じだな。

アルトが他のプレイヤー達との情報交換を行い、いざって時に指揮が出来るプレイヤーの目星を各々プレイヤー同士で付けておく事になった。

そうして回復薬など何から何まで装備が潤沢になった状態で来《きた》るべき魔王軍の侵攻イベントに備える。

「武器だけじゃなくて、防具関連が多いね」

「少しでも性能が高ければ十分ですよ」

硝子の方は赤鉄熊《せきてつぐま》の毛皮を震鎮の羽織に重ね加工をして耐久性を向上させたらしい。

他に火耐性が付いたとか。

らるくや紡も似た感じだな。カニ装備の装飾が変わって心なしか豪華になっている。

攻撃力が上がったとか説明していた。

「……そう」

なんか若干誇らしげなのはしぇりる。

しぇりるが貴族服に船長帽子を着用しているのは突っ込むべきなんだろうか？

「……」

そんなしぇりるを見てからロミナの方を見ると苦笑いされてしまった。

「絆くんが釣ったヌシ素材が色々と工房に持ち込まれるからね。どうやらデザインが気に入って、更に性能も良いから今回はそれで行くみたいだよ」

で……残ったのは闇影とてりすと俺。相変わらず装備に変化はない。

てりすは見た目を重視したい気持ちもあって保留するらしい。

「てりす、今の装備気に入ってるのよねー」

「拙者《せっしゃ》はいつになったら装備更新をするでござるか？」

「したければすれば良いんじゃないか？」

「拙者のために作った品々が型落ちしないでござるよ！」

作成当時、集められるだけの最上級な品々で作った装備で性能厳選も滅茶苦茶してあるからなぁ。

しかも追加効果は闇影のスキル構成に合わせている。

実は闇影の装備品って……前線組垂涎《すいぜん》の品だったりするのだろうか？

アップデートして新しい装備群が出たけど買い替えるほどじゃない微妙な差ってやつ。

俺も似た様なものだ……いや、正確にはあるにはあるんだ。

キワモノすぎてみんながあえて触れていない装備がな。

「そんなにしたいならあるじゃないか……見た目に拘《こだわ》らなければ、だけどね」

「……」

一同がそこで視線を逸《そ》らす。

あのお調子者の紡でさえも手を出さないネタ装備が存在するのだ。

ペックル着ぐるみを素材として発展する装備だ。

その名も河童着ぐるみ。

装備名の通り俺達が倒した河童の素材を元に作り出されたデフォルメされた河童の着ぐるみである。

まあペックルと河童はくちばしがあるし、泳ぎに関して似てるから否定はしないけどさ。

どこぞの最後の幻想の六作目にも河童って状態異常があったよな。

ともかく、この河童着ぐるみ……ペックル着ぐるみの様な若干物足りない性能ではなく、現状では俺達の防具の中で抜群の性能を宿している。

特に防御力は甲羅のお陰か現状かなり高く、水耐性に関しても破格の性能を宿している。

釣り系技能だって据え置きの見た目さえ気にしなければ俺達の装備としては最高水準の性能である。

更に専用効果で尻子玉《しりこだま》抜きという固有技まである。

キュウリを食べると回復効果もあるとか……完全に河童化である。

見た目が遊園地とのマスコット……いや、寿司屋のゆるキャラとかにいそうな点を除けば。

このゲームの開発者は一体何を思ってこんな装備を作ったのだろうか。

まあ、こういう装備ってＭＭＯだと結構あるけどさ。

ちなみに俺が河童を発見した事で見つけたクエスト関連から続く報酬で得られるレシピなんだそうだ。

しかも強化素材が河童関連で得られるから強化もしやすいおまけ付き。

「使ったら面白そうなんだけどねー」

「闇影ちゃんの個性が輝く時ね！」

「闇影くんが使える巻物枠もあるよ」

って闇影はキュウリにしか見えない巻物を渡されている。

なんでも河童着ぐるみを着用して装備すると性能がアップするというセット効果付きだ。

「使いたくないでござる！　ネタ枠は嫌でござる！」

闇影が駄々を捏《こ》ねている。

「どんな事態が起こるかわからないからアイテムのストレージには入れておくけどな。必要に迫ったら使えばいいだろ。心の底から使えないと切り捨てる訳じゃないんだし」

「そうでござるが笑い者になるでござるよ！」

「絆くん達に関しては他プレイヤーが笑うに笑えなくなってきてると思うけどね」

「確かにそうねー絆ちゃん達がこれを着たらみんな欲しがりそうよね。時代の最先端って感じだしー」

てりすまで同意するのか……。

なんか上手いこと波に乗っているというかおかしいくらいにゲームを満喫出来ているもんな。

こんな装備で歩いていたら何かあるのかとか思われるのも当然か。

そんな訳で念には念をという事で俺達はこの着ぐるみを収納しておく事にしたのだった。

「そろそろ武器作りも本腰を入れないといけないんだけど、生憎《あいにく》とまだ必要素材が集まらないのが問題だね。絆くんにヌシ釣りをもっとしてもらった方が自然と武器更新は捗《はかど》るかもしれないね」

ふふん、どうだロミナの太鼓判は、とみんなを見ると硝子達に眉を寄せられてしまった。

「絆さんの持ってる解体包丁が凄《すご》いのはわかってますけどね」

「そもそも攻撃力って点だけで言えば私達の武器もそこまで負けてないよ、お兄ちゃん！」

「綺麗な刀身よね。てりすも欲しいと思っちゃうくらいよ」

らるくと紡に関しては定期的に鎌を更新というか強化して新しい鎌にしている訳だし、当然か。

過剰強化とかはしてないし長く愛用している感じで、ロミナの安全圏で出来る限りの強化を施している。

カニ素材とドラゴンゾンビ素材が混ざっているせいか割と禍々《まがまが》しい色合いのカニ鎌って感じだ。

硝子の武器も同様に、元は俺が釣った要石の扇子を強化した発展武器……要石の扇2となっている。

しぇりるの銛《もり》は次元ノ白鯨《はくげい》素材で作られたエイハブスピアの正当進化系の武器である雷属性を宿したモビーディックスピアへと強化された。

ロミナも強化する事に関して腕を上げてきている様だ。

個人的には釣竿《つりざお》の強化もそろそろお願いしたい。

川の魚はまだ強敵と呼べる相手と遭遇していないが油断していると大事なルアーなどを取られかねない。

アルトに頼んで属性ルアーを買い揃《そろ》えているけどさ。

「ああ、なんか絆くんが釣り具を欲しそうにしているから腕の良い釣り具職人に頼んで作ってもらっておいたよ。君が使うなら良いものを作るに越した事はないって言ってたよ」

と、ロミナが俺にくれたのは二つのルアーだ。

一つは青鮫《あおざめ》のルアー〈盗賊達の盗人《ぬすびと》〉

なんか鮫を模した形をしたルアーであのブルーシャークを思い出すデザインをしている。

性能はルアーヒット時に斬撃と出血ダメージ。

もう一つは白鯨骨のルアーというスケルトンな骨格型のルアーだ。

こっちはバブルショットと叩《たた》きつけ……？

「なあロミナ……このルアーは？」

「どうかしたかい？」

いや……どうかしたかいと言われても……これってルアーなのか？

ルアーの形をしたスリングの弾とかそんな感じの品に見えるんだけど。

まずルアーヒット時に斬撃と出血って魚を攻撃するのか？

白鯨骨《はくげいこつ》のルアーも同様だ。

バブルショットと叩《たた》きつけって完全に戦闘用としか言い様がない。

いや、普通に使えば問題ないのかもしれないけどさ……微妙に納得しがたいと言うかなんて言うか。

……光のルアーとかで攻撃してた俺が言う資格はないか。

ありがたく使わせてもらおう。

「他にも色々と作ってあるから何かあったら使ってくれると嬉《うれ》しい」

「何から何までありがとうございます」

「気にしなくて良いさ。それ相応に素晴らしい環境を提供してくれているんだからね。君達がいなければ鍛冶《かじ》から離れていたのだけは断言出来るんだ」

ロミナは俺達に色々と使えそうな品を預けていった。

その他、奏姉さんと連絡を取ったんだけど装備も物資も潤沢だそうで、こっちが何か援助をしなくても良いと言われてしまった。

奏姉さんも仲間達との付き合いを優先したって事なのかな？

アルト曰《いわ》く、上位組のパーティーではあるらしいし、そっちはそっちでコミュニティやお抱えの鍛冶師がいるのかもしれない。

こうして装備も万全に俺達は来《きた》る魔王軍の侵攻クエストに備えて待機していた。

作戦開始のタイムカウントが表示される。

「もうすぐ開始か」

「みたいですね。皆さん、しっかりと準備は整ってますか？」

「もちろん、カニポーションも十分あるし、出来る限りの装備も整えたよ！」

「準備万端でござる」

「そう」

さて、今回のイベントはどうなるかってところだな。

おっと、クリスとブレイブペックルを忘れちゃいけない。

ちなみにブレイブペックルは入手した様々な素材を渡す事で強化される特別なペックルであり、アルトが露店で見つけた見慣れない素材とかもついでに渡して強化されている。

そういえばアルトの目利きとかの技能って見た事がない素材とか鑑定物などを所持したりなんかで向上していくものなんだとか。

色々と上手い事アルトも自身の強化をしているって事なんだろう。

「それじゃみんな！　同じフィールドになったらよろしく！」

「はい！」

「もちろんでござる」

「そう」

残り時間が０になり、魔王軍侵攻を退けるクエストが始まった。

†

スッと戦場の自軍エリアに飛ばされた。

湿地帯……か？

なんか水たまりが無数にある奇妙な戦場フィールドっぽい。

遠くを見ると反対側のフィールドに無数の魔物らしき連中がいて、こっちに向かって来ようとしているのがわかる。

ルール的には防衛戦で、俺達の背後にある関所と防壁を壊されない様にしなきゃいけない……らしい。

そして防衛をしながら魔王軍の大将を倒せばクエストクリアになる。

作戦自体はシンプルだよな。

なんて思ったところで上空から強い雨、スコールが三十秒ほど降る。

なんだ？

雨自体はすぐに止《や》んだし、特に何かある訳ではない様だ。

「じゃあまずは人員に関してだが……」

と、そこで割り振られたらリーダーになると決められた奴が手を上げている。

「お？　そこにいるのは島主の釣りマスター・絆ちゃんじゃん」

リーダーが俺を見つけてそう言うと、周囲の視線が集まる。

「絆ちゃん言うな！　基本釣りしかしてないし戦闘に関してはそこまで強くはないけどよろしく。言うまでもなく金に物を言わせたごり押しなのは理解してる」

「と、釣りマスターは謙虚なご様子。みんな、あんまいじめたりすんなよ」

ハハハと軽い笑いと拍手が起こる。

雰囲気は悪くなさそうだ。

「それと死神忍者も一緒か。こりゃこのエリアは大当たりだな！」

死神とあだ名があった忍者に視線を向ける。

「よ、よろしくでござる」

言うまでもなく闇影がそこにいた。

雰囲気的に死神の名の由来を彼は知らない様だ。

闇影は……なんていうかオドオドしてるのがすぐにわかった。

「……絆殿と一緒の戦場でござるな」

闇影が俺の隣に来て声を掛けてくる。

「硝子や紡は？」

「見てないでござる」

と言ったところで硝子からチャットが来た。

「絆さん絆さん、聞こえますか？」

「ああ、聞こえてる。もしかして別の戦場に出たのか？　なんか俺は湿地帯っぽい戦場にいる」

「みたいですね。こっちは荒野みたいな戦場の様です。紡さんと一緒です」

紡とか～戦力偏ったな。

硝子か紡がいれば楽だったんだけど。

「しぇりるは？」

「こちらにはいません」

俺はしぇりるにチャットを送る。

「……そう。さ、ばく。別フィールドに出た。らるく……いる」

「おっす！　俺は砂漠の方みてーだな」

「大丈夫か？」

「……そう」

これは大丈夫の時の『そう』だな。

「ロゼいた」

「ロゼットの坊主がいるからな。結構人員は良いと思うぜ」

ああ、それなら安心か。

あいつは紡と元パーティーを組んでいた前線組だしな。

今回もイベント開始前に軽く話をしたが特に引っかかる様な人柄の奴じゃなかったし、むしろ紡がのびのびと楽しんでくれていて嬉《うれ》しいねとも言っていた。

まあそれなら安心なのかもしれない。

らるくもいるし、大丈夫だろ。

って事は……。

「はーい絆ちゃんにらるくー別のフィールドになっちゃったわね。なんか山脈みたいな場所よ。奏ちゃんがいたから挨拶しておいたわよ」

てりすと奏姉さんが一緒か……姉さんチャット送ってこないけどどうしたんだろ？

まあ、仲間と一緒に話でもしてるのかな？

なんて感じで親しい連中とチャットをしていると作戦リーダーが声を上げる。

「みんなが所持してる一番攻撃力の高い武器の得意な敵を教えてくれないか？　何か振り分けに法則があるのか確かめたい」

条件分析か。

俺が持っている武器で一番攻撃力の高い武器は青鮫《あおざめ》の冷凍包丁〈盗賊達の罪人〉だ。

「釣りマスターは……水属性っぽいよな」

「冷凍包丁、凍った魚を切る武器が一番攻撃力高い」

「なるほど、死神忍者は……闇魔法？」

「最近は雷魔法のレベルを上げてるでござる！」

「ありがとう。なるほど……法則が掴《つか》めてきたぞ。どうやらそれぞれ所持する装備や技能で振り分けられたっぽい」

推測出すの早いな。

こんなふうに推測をしていくのが前線組って感じかもしれない。

って考えてみると硝子の持ってる要石の扇は土属性に対して有利に戦える。

ただ、その理屈だとしぇりるは俺達の方に来るんじゃないか？

らるくとてりすの武器は似たり寄ったりではあるが……それだけじゃない要素も介在している可能性は大いにある。

敢《あ》えて戦場が被《かぶ》らなかった理由を考えるとしぇりるの場合は防具だろうか？

なんか海軍貴族風の格好をしてたし、あの装備……どんな耐性があったっけ？

水耐性高そうと思ったけど実は別の耐性が高かったのかもしれない。

「みんなディメンションウェーブの時と同じくマップ表示を見てくれよ」

	A	B	C	D	E
1					
2					
3					
4					
5					
6					

「俺達がいるのはCの1周辺だ。で、魔王軍ってのはどうやら6からずらーっとやって来る。普段一緒に戦っている奴じゃない見知らぬプレイヤーがいるかもしれないがしっかり

と陣形を組んで出てくる敵を倒していくぞ！」

「とーぜん！」

「たまにはこういう事をしないとなー」

「このイベントをクリアしてさっさとビザランク上げねーとな！」

とプレイヤー達は各々やる気を見せている。

「じゃあ前のディメンションウェーブで好成績だった奴らを指標に振り分けをするからしっかりと動いてくれよー」

ふと気になったのだが、ディメンションウェーブ時にいつも全体チャットで指示を飛ばしていた人の声が聞こえない。

あの人は別戦場なのかな？

……あの指示を出す人の名前を知らないな。

まあ、次のディメンションウェーブで確認すればいいか。

なんて思いながらリーダー格の人の指示に従ってプレイヤー達は各々陣形を組む……というか攻撃やタンク、ヒーラーなんかと割り振っていく訳だけど……リーダー格はいつまでも俺達に声を掛けない。

理由はわかるけどな。

「俺達は？」

「釣りマスター一行は遊撃。どこでも一騎当千だろう。そもそもスピリットだからヒーラー預ける意味は薄いしな」

シールドエネルギー分は回復魔法やポーション類で回復するんだけどな。

それ以上は回復しないエネルギーだからなー……運用に困るか。

人口が少なくてよくわからないのがスピリットの長所にして短所だ。

「一騎当千の猛者《もさ》。それは闇影であって俺じゃないんだが……」

「拙者《せっしゃ》でござるか!?」

そうだろ。お前、自分の戦績を思い出せよ。

どうやったらそのスキル構成で好成績出せるんだよ。

「とまあ忍者がなんか言ってるが気にしないでくれ。俺も出来る限りの範囲で動く」

釣竿《つりざお》と解体武器、それと今は罠《わな》と弓があるから……サポートに徹すればどうにかなるだろ。

「期待してるぜ釣りマスター、いやペックルマスターか？」

その名前で通っているの？　ペックルマスターって……。

俺達は遊撃で闇影と二人……新しい出会いはなかった様だ。

ペックルマスターはペックルを出すペン。

「ブレイブペックルとクリスを出して……あと、僧侶ペックルと戦士ペックルを出せばいいな」

僧侶帽子をかぶったペックルと兜《かぶと》着用のペックルを呼び出す。

ブレイブペックルとクリスがいて、ここに俺と闇影……なんかパーティーが完成してしまった感がある。

「絆殿……拙者《せっしゃ》達は新しい出会いはない様で安心でござる」

コミュ障忍者が戯《ざ》れ言を言っている……俺は半製造の釣り人なので前線組の足を引っ張るだろう。

無難に闇影のサポートに徹しよう。

「ではみんな行くぞー！」

「イー！」

「らじゃー！」

「やっふー！」

テンション高いなー……って感じでみんな魔王軍に向かって突撃していく。

「拙者も行くでござるよ！」

スタタタと忍者スタイルで闇影が前線に向かって走っていくので急いで俺も後を追いかける。

やっぱ闇影の方が能力値高いな。

徐々に距離が離されていく。前線組も足が速い。

なんかこれだけで強さに差があるのがわかるな。

……ん？

俺が首を傾げた直後にドバァ！　っと前線で大きな水柱が巻き起こり、リーダー格の奴が打ち上げられる。

「うわぁああああああああああ⁉　なんだなんだ⁉」

驚きすぎて目を回しているのがひと目でわかるぞ。

で、そこから少し離れた所でガチンと水で形作られたトラバサミに足を挟まれてすっころぶプレイヤーが続出。

「わ、罠《わな》だー⁉」

「アリだー！」

「酸だー！」

おい、便乗してネタを仕込むな。アリも酸も出てきてないだろ。

多分ロマンシングなサガとか地球を防衛するゲームとかが元ネタだろうが咄嗟《とっさ》に出てくるとかある意味感心するぞ。

闇影もハッと振り返って周囲の惨状に目を向ける。

「なんと……」

「戦場に罠《わな》だと⁉　一体どうなってんだ⁉」

「罠を解除していくぞ！」

って感じで前線組の連中は罠にかかっても罠自体を攻撃したり破壊したりして進もうとするのだが、徐々に罠にかかった人が増えていき、最前線に辿《たど》りついている人はまばらになってしまっている。

連携も何も罠に注意しなきゃまともに戦えたもんじゃないぞ。

俺は罠にかかっている前線組の連中の罠を解除して送り出す様に動いた。

闇影の方は驚きの表情を浮かべていたけれどすぐに我に返って前線に向かった。

「どこに罠があるかわかったもんじゃない！　罠系技能なんて持ってないぞ！」

「いつも解除してくれるメンバーが別フィールドな件」

「くっそ、動きづらい！」

「サンキュー釣りマスター！」

なんて感じで前線組の連中が困っているところを助けて礼を言われる。

で、俺や闇影がなんで罠にかからないかというと……カニ籠漁《かごりょう》の副産物で熟練度を稼いで罠技能を習得したからだ。

こんなところで役立つとはな。

罠技能を習得してオンにすると薄《うっす》らとどこに罠があるのか見えるのだ。

「バーストサンダーレインでござるー！」

出てくる魔物……コールドマーマンやエレクトロオクトパス、ブラックシーホース、ウォーターサラマンダーとか水系の魔物が目白押しで罠《わな》を無視して攻撃してくるのを闇影は雷魔法を唱えて範囲殲滅《せんめつ》していく。

ただ、闇影だけではカバーしきれないので前線は徐々に後退気味だ。

「罠技能を持っている奴は戦場の罠を片っ端から解除してくれ！　じゃないとまともに戦えん！」

前線組のレンジャー以外が見えない罠に四苦八苦しながら戦っている中で罠の解除を命じられて、戦場にいる技能持ちは周囲の罠の解除に走る。

ただこの罠……プレイヤーが使う類《たぐい》の罠じゃなくて魔法要素が多く混ざっている。

解除すると弾けて消滅するんだ。

必要罠技能は……6くらいからってところで、ギリギリだと罠は見えても解除に時間がかかるぞ。楽な罠はトラバサミとかだな。

「ほ！」

弓矢でハサミを狙えば誤作動で無力化出来る。

「何が幸いするか全くわからないでござる！」

闇影も罠技能の習得条件は満たしているしな。

「ギョオオオ！」

っとコールドマーマンが飛びかかってくる。

「ペーン」

その攻撃をブレイブペックルが受け止める。その隙《すき》を逃さず俺は冷凍包丁で切りつける。

ザリュッと良い効果音としぶきが発生し、コールドマーマンを一刀両断。

相変わらず良い切れ味だ。

「ペペーン！」

ブラックシーホースは墨《すみ》を吐きつけて目くらましの状態異常をバラまくらしく、クリスが距離を取りながら冠からハンマーを取り出して、戦士と僧侶ペックルを連れて殴りかかっている。

戦場は混乱しつつも徐々に持ち直して5まで前線が進軍。が、6の方から……なんか湿原なのに津波が戦場を押し流す様に勢いよく流れ込んでくる。

「津波だ！　みんな注意しろ！」

「いや、注意しろって言われてもよー！」

「うおおおお!?」

ザッバーンッと津波への対策をしていなかった俺は押し流されてしまった。

どんな戦場ギミックだよ面倒臭い！　引き潮とかある訳でもなく消えるし。

「みんなペックルに掴《つか》まって流れに乗れば流されにくくなるぞ！」

いや……そんな事を咄嗟《とっさ》に出来るか！　どんなアクロバットだ。

ペックル達にオートで指示を出せばいいのか？

とブレイブペックルとクリスを見る。

「ペックルはモンスターじゃないペン」

「まだ言ってるのか！」

しかも雨が降り始め……止《や》んだ。

「負けるな！　どれだけ押されてももう罠《わな》はない。敵の動きはそこまで脅威じゃないぞ！」

と、リーダー格がみんなに激励の言葉を掛けている。

が……気づいた。

「罠が復活してる！　気を付けろ！」

雨が降った直後の地面に無数に罠が復活して戦っていた連中の動きを拘束する。

「ぐあ!?」

「うぐ――そんな」

動けないところに魔物の攻撃を受けて前線組の連中に戦闘不能者が出始める。

セーブポイント……この場合はフィールドへと入るミカゲの入国関所前辺りがそれなんだけどそこへと行ってしまった。

復帰するのに少し時間がかかるぞ。

「これは厄介極まりないでござるよ……防衛線が瓦解《がかい》するのも時間の問題でござる」

「ああ……離脱した連中が戻ってくるまで時間稼ぎをするぞ！」

闇影と一緒に瓦解した前線の一部に埋まる様に俺達は陣形を組んで魔王軍の進軍を引き留めて、前線組が戻ってくるまでの時間稼ぎを行う。

俺に関して言えばペックル達のお陰で辛うじて戦えているって状況だ。

十一話　水の四天王アクヴォル

「くっ……厳しいか」

徐々にシールドエネルギーが減っていき本体のエネルギーが削られ始めてきた。

俺は硝子達みたいに運動神経良い方じゃないからな……咄嗟《とっさ》の判断は厳しい。

「……苛立《いらだ》ってきたペン」

「ん？」

撤退を考えるかと思ったところで、ブレイブペックルの様子がおかしくなってきた。

ヤバイ、まさかストレスゲージが一定値を超えてしまったか？

戦闘でのストレス増加はアクセサリーもあってかなり緩やかだから大丈夫かと思っていたんだが、と思ってブレイブペックルのステータスを確認するのだけどストレスゲージはまだ24%程度だ。

「ぶちのめすペン！　ペエエエエエ――」

と、ブレイブペックルが形状変化してラースペングー化した。

ヤバイ！　まさかこんな所で暴走なんてするのか⁉

敵に突撃したラースペングーの周囲に炎が噴き出し、周囲を焼き飛ばす。

それだけで進軍していた魔王軍の魔物どもが薙《な》ぎ払われた。

で、ラースペングー化していたブレイブペックルはふっと元の姿に戻って戦闘を再開する。

暴走じゃなくて……チャージが溜《た》まったから放った必殺技か？

味方を巻き込まなかったから非常に助かった。

「中々便利だな」

「ペックルはモンスターじゃないペン」

「さっきのアレはなんだ？」

「守っているから早く攻撃してペン」

……うん。命令にもないし、ランダムで発動する大技って事で間違いない。

また撃ってくれるとか期待しない方がよさそう。

「な、なんだ⁉　ペックルがなんか大技放ったぞ」

「ペックルマスター専用のアレだろ」

「うわ……いいなぁ」

「今までの法則的に型落ち品がしばらくしたら出てくるから、その時に試そうぜ」

雑魚《ざこ》を吹き飛ばしただけでまだ戦いは終わってない。

入手が面倒だったんだから強いのも納得か……確かにこの手のちょっと優秀なキャラやアイテムってしばらくすると上位互換とかが出てきて、今までの奴は入手が簡単になるんだよな。

「おいおい。こりゃあヤバいんじゃないか⁉」

「くっそきつい。運営イベントの難易度考えろよ！」

「罠担当《わなたんとう》、もっと前線に出てくれ。じゃないと復活する罠で身動きとれねえ！」

とネタプレイをぶっ放していた連中の余裕が徐々に削られていく。

しかも上手く前線を押し上げても津波で押し返されたり徐々に降る頻度の増す雨が罠を復活させたりして厄介すぎる。

挙句《あげく》Cの6あたりからこっちに向かって大きな濁った水の玉みたいな何かが大量の魔物達を引き連れてきているんだ。

あれが1に辿《たど》りついたら防衛失敗なんだろうって事くらいは誰でもわかる。

ボスがあれなのか？

前線組のリーダー達が集中して足止めというか攻撃しているがどうにも敵の攻撃が激しくて押され気味だ。

水玉は水で形作られた鮫《さめ》を周囲に何匹も展開して襲わせ、水竜巻を出し、津波を引き起こして強力な水鉄砲で撃ち貫いてくる。

どいつもこいつも基本的には水属性攻撃を多用してくるし。

「おい、闇影」

「なんでござるか？」

襲いくる魔王軍を倒した後、ちょっと前線から下がって回復待ちをしている間、闇影に声を掛ける。

「ここは手段なんて選んでいられそうもないぞ。アイツを止めなきゃ負けだ」

罠と水玉が厄介すぎて頼りになる前線組も攻めあぐねている。

「……絆殿、まさかと思うのでござるが、まさかアレをやるでござるか？」

「しょうがないだろ！　行け、闇影！　アイツの水攻撃にはこれが一番だ！」

「なんで拙者《せっしゃ》だけなのでござるか！」

そりゃあお前が戦闘担当で俺は釣り人だからだよ！

「嫌でござる嫌でござる！　せめて絆殿も一緒じゃないと嫌でござる！」

「ええい！　駄々を捏《こ》ねるな！」

「捏ねるでござる！　拙者だけゲーム中ずっと笑い者にされるのは嫌なのでござる！」

くっそ……面倒臭いな。

だがやらないとイベント失敗だ。負けるのは非常に面白くない。

俺達が負けたからって失うものなんてあんまりないいんだけどさ。

　それでも出来る事を尽くさないで何が遊びか。

「しょうがない。やってやる！　俺は諦めの悪い男だぞ」

「今は幼女でござる」

「ごちゃごちゃうるさい！　結果を出せば黙らせられるだろ！　行くぞ闇影！」

「うう……わかったでござる！」

　という訳で戦場の混乱の中で俺達は前線から少しばかり離れた沼地の中にそっと沈み込んで姿を隠して……それぞれのストレージに潜ませていた強力な防具を取り出して着替えたのだった。

†

「な、なんだ⁉」

　最前線で水玉に向かって雷を帯びた剣で切りかかっていたリーダー格が俺達の接近に気付いて驚きの声を上げる。

「わ、なんだあのネタ装備！」

「河童だ！　あんな着ぐるみあるのか！」

「ネタ装備で来るなよ。釣りマスターと死神様はよ。河童ペアってか」

不謹慎だとばかりに前線組の連中が眉を寄せる。

まあ見ていろ。

「うう……これも活躍するためでござる！」

闇影はキュウリの巻物を取り出して魔法を唱えた。

「バーストサンダーレインでござる！」

水玉の取り巻きにいた雑魚《ざこ》がそれだけで吹き飛び、水で形作られた鮫《さめ》が半数消し飛ぶ。

「ヘイト&ルアーII！」

ヘイトを稼いだからか鮫が一斉にこっちに向かって突撃してくるが俺とブレイブペックルが盾となって受け止める。

狙うは本体の水玉だ。すると水鮫は俺に向かって突撃してくる。

ゴスゴスと水の鮫が攻撃してくるがエンシェントドレス着用時よりもダメージは遥《はる》かに少ない。

「うお……なんかすげえ、釣りマスター達半端ないな」

「水耐性装備か！」

「良いから攻撃！　こっちとしてもこんな装備で戦いたくなかったよ！」

「……気持ちはわかる。ネタ装備で楽しそうだけど」

「カッパッパー！」

うるさい。黙って戦え。

「行くでござるよー！　はぁあああ！　サンダーボールでござるぅううう！」

闇影が相変わらずここでも無意味に雷の玉を作り出し、水玉に向かって突撃して押し付ける。

「河童達に続けーー！」

「せめて釣りマスターって言えぇぇぇぇぇぇぇぇぇ！」

と言いながら俺は釣竿《つりざお》を振りかぶって白鯨骨《はくげいこつ》のルアーを当てる。

すると白鯨の尻尾の幻影が現れて水玉を叩《たた》きつけた。

闇影の雷の玉も水玉に突き刺さり、他のプレイヤー達の攻撃がどんどん命中する。

「連撃でござる！　はぁああああああ！」

闇影の右手が光り輝き水玉の侵攻先の背後から突き刺す。

固有技の尻子玉《しりこだま》抜きをここで放つのか。

すると水玉がバシンと弾けて……中に潜んでいた奴が姿を現した。

『うぐ……まさか人間どもにこの水の四天王アクヴォルの姿を晒《さら》す事になるとは……やるようだな』

というセリフを……なんか人魚っぽい美少女が銛《もり》を手にして言い放った。

うわぁ、いかにも狙ってますみたいな外見。

外見だけで一定の人気が得られるタイプのモンスターだ。

セリフがあるし、ボスモンスターかな？

「うほおおおお！」

「美少女ボス様だぁあああああ！」

「アクヴォル様ファンクラブ設立決定！　メンバー募集中！」

「ブヒィ！　その尻尾で叩いてください！」

「時代はグラマーだよなー！」

やかましいぞお前ら！　ネタセリフを言わなきゃいかんのか！　とか言いたくなる戦場チャットが巻き起こる。

絶対に本気では言っていない奴が大多数だろう。

それに引き換え俺達はなんだ？　河童だぞ？

『良いだろう。多少歯ごたえがなくては面白くもない。覚悟するが良いわ！』

という、いかにもなセリフとともにアクヴォルと名乗ったボスの姿が変化していく。

カサゴっぽい顔の大きな人魚みたいな姿になり、両腕や尻尾に氷を纏《まと》わせ、巨大化した銛を持って振りかざしてきた。

これが真の姿ってやつかね？

「そんな……」

「……アクヴォル様ファンクラブ解散決定」

「騙《だま》されたー！　許さんぞ！　この化け物めぇええ！」

「やっぱ時代はロリだよなー！」

本当、調子が良いな、お前ら。

さて、ボスのHPゲージが出てきた。

早速戦闘になる訳だけど……そのHPゲージの下にもう一つゲージがある。

あれは何だろう？

MPとかそういう類《たぐい》は味方に表示されるもので敵からもわかるとなると別の要素だろうなってのはゲーム経験でわかる。

まあ大抵は何かしらのギミックで、プレイヤーが判断する指標となるものだ。

『はぁ！』

セリフ付きボスって感じでアクヴォルが力の限り銛《もり》を振りかぶり流れるモーションで尻尾を横薙《よこな》ぎにする。

水しぶきのエフェクトがこっちに来た。

うお……なんか河童の着ぐるみでも氷ダメージが入った。

けど耐えられないほどじゃないな。

「攻撃を続けるでござるよ！」

闇影が距離を取って魔法攻撃をし続ける。

「当然！　こいつを倒せばいいならみんな！　一気に畳みかけるぞ！」

「おおー！」

「俺達を騙した恨みを思い知れー！」

なんて感じで前線組とネタに走っている連中が各々攻撃を再開する。

「耐えるペン！」

ブレイブペックルがアクヴォルの攻撃から俺達を守る様に立つ。

元々水耐性が高そうなペックルだからかブレイブペックルは大したダメージを受ける事なく俺達を守ってくれる。

非常に助かる。俺は運動神経が悪いから避けるなんてまだまだ出来ない。

硝子に多少は稽古をつけてもらってるけどさ。

やっぱどこかで反応が遅れがちだ。

「釣りマスターパーティー二人とペックルだけで上手く戦ってやがる」

「あの幼女……できる！」

「絆ちゃんファンクラブ設立決定」

「いや、アイツはネカマだぞ」

「情報ソースよろ」

「本人」

「何言ってんだ！　ネカマだからこそ俺達の気持ちをわかってくれるんだ！　断然俺は絆ちゃんが良いと思うね！　第二の人生、絆ちゃんの前世が男だからって俺は気にしないぜ！」

「君にはTSの素質があるよ」

「なるほど！　今は幼女だもんな！　なら男でも問題ないぜー！」

「つまり時代が俺達に追いついたって事だな！」

「僕が先に好きだったのに！」

「それはBSSな」

本当、うるせーな……ちょっとは気にしろよ。

何より幼女って言うな！

現世が女だから問題ないとかそんな設定やめろ！　前世って転生じゃねえよ。

更に気色悪いファンクラブも作るんじゃない！

しかも変態が混じってんぞ！　ネカマに欲情するな！

くそ……姉と妹の力作アバターのせいで要らぬ連中に絡まれそうだぞ。

『水の罠《わな》を喰《く》らいなさい！』

アクヴォルが片手を上げて雨を降らすと水で作られた罠が再設置される。

「ひるむな！　罠解除持ちは頼んだぞ！」

「当然！」

ボス周辺を意識すればまだ罠解除はやりやすい。

めぼしい罠を素早く解除する。

「く……思ったよりもダメが稼げない！」

「HP高いっつーかダメが入ってる感じがしないぞ！」

アクヴォルのHPを見ると前線組や闇影の攻撃で全然削れている様子がない。

ただ、下のゲージが徐々に減っていっているが……それもアクヴォルが時々腕を上げてセルフヒールでもするかの様に回復してしまう。

どうにかして良い感じに攻撃の機会を作れないか？

あのビッグマーマンっぽいアクヴォルに大きな隙《すき》……ゲージを一気に削る様な意表のあるギミックが欲しい。

……アクヴォルって見た感じ魚っぽいよな。

俺は釣竿《つりざお》を出しスナップをかけてアクヴォルの顔面……口元あたりにキャスティングを試みる。

飛んでいくルアーがアクヴォルの顔、狙い通り口の部分に当たるのだけどザシュッと攻撃エフェクトが発生するだけで引っかからない。

いや、なんか感触はある……ちょっと何かが足りない感じか？

「誰だ！　ルアーをアクヴォルの口にぶつけてる奴は！」

「釣りマスター」

「ペックルマスター」

「おいおい。またやってんのかよ！」

「魚っぽいし上手くは……いかないみたいだな」

「さすがの運営もアクヴォルにルアーまでは想定してなかったんじゃね？」

く……金魚すくいに釣竿《つりざお》を垂らす事を想定している運営が想定していないなんてありえるのか？

けど事実上手くいかない……ただ、手応えはあるんだよな。

単純に少し技能が足りない様なそんな感じ。

「だな。とはいえ頭への攻撃は効きが良さそうだ！　みんな、やれる奴は頭を狙えー！」

って感じで俺の攻撃も多少解析の役には立ったっぽい。

みんな手探りでアクヴォルへと出来る限りの攻撃をしていく。

今の俺の釣り具はクエストで貰《もら》ったエピックとかのレア装備を使っている。

現状手に入る釣り具でこれより上となると中々ない。

それでもアクヴォルに引っかけるのに足りないとなるとどうしたものか。

何か適した装備や強化……バフが発生するものを使えれば良いのだけど手持ちにそれらしい品はない。料理とかで釣り技能アップのあるものを持って来れば良かったな。

……一つある。らるくが前に釣り関連でバフが掛かるかもしれないって言っていたスキルだ。力が足りずに引っかからないなら……。

「フィーバールアー！」

下手に地面に落としたら敵を集めてしまうけどそれはそれで注意を引きつけられるから悪くない。

「絆殿？　まだ続けるでござるか？」

「ああ、一か八か。これで上手くいったら拍手喝采！　ってな！」

ヒュンヒュンと竿を振るい、タイミングを狙って俺はアクヴォルの顔面、口めがけてルアーを飛ばして竿を引き上げる。

すると……ガッ！　っとルアーがアクヴォルの口に引っかかった。

『アガ――!?』

お！　専用セリフ確認！

「うお！」

グイイイ！　っと一際強い引きにヌシニシンを引っかけた時みたいな無様な醜態を晒《さら》しそうになった。

「くぬぬ……この俺を舐《な》めるなよぉおおお！　エレキショックからの……一本釣りだぁあああぁ！」

バチバチバチ！　っと釣竿《つりざお》に付けられたエレクトロモーターからの電撃攻撃を発動させつつアクヴォルを一本釣りにする。

『ウグアアアアア!?』

ビヨォオオオン！　っとアクヴォルが俺の釣り技を受けて釣り上げられて一回転しながら地面に激突した。

……白鯨《はくげい》の時みたいにまだ針が外れてない。

『おのれ！　く……針が外れん！』

これはまだスタンしてない証拠だ。もっと追撃をしなくちゃいけない。

昔奏姉さんと紡と一緒にやった狩猟ゲームの魔物を釣り上げるギミックを思い出す。

決定的な隙《すき》を生み出すには竿を緩めてはならない！

「オラァ！」

考えてからの行動か、それよりも前に咄嗟《とっさ》にしたのか俺自身も後で考えてもわからないが気付いたら俺は竿を更に振りかぶってアクヴォルを何度も地面に叩《たた》きつけを行っていた。

『うが！　が――』

ドスン！　ベドスン！　っと何度も俺はアクヴォルを一本釣りで地面に叩《たた》きつけるのを繰り返す。

「うお……釣りマスターがアクヴォルを釣り上げて超攻撃してやがる」

「なんというハメ攻撃」

「すげー……釣りってあんな攻撃出来るのか。鞭《むち》やワイヤー系の縛り叩きつけみたいな事してやがる」

メリッと一回地面に叩きつける毎《ごと》にアクヴォルのＨＰゲージの下のゲージが大きく削れていく。これは良いな！。

「おお！　そのまま行けー！」

「ＯＫ！　行くぜー！」

っとそのままクレーバーでコンボを放ってガリガリと下のゲージを削り切る。

すると針が外れ、下のゲージが弾ける。

『あっぐぅぅぅ』

バキンとアクヴォルは大きく仰《の》け反《ぞ》ったかと思うと先ほどの人魚形態に戻って吹き飛ぶモーションとともに倒れ込んだ。

「うほおお！　戻ったぁああああああ！」

「アクヴォル様のお顔が戻ったぁあああ！」

「これはあれだ！　本当の姿はこっちだ！　変身ゲージなんだこれ！　削れると本当のお姿が見られるぞ！」

「アクヴォル様ファンクラブ再結成！　絆ちゃんファンクラブ解散」

「我々人類にネカマロリは早すぎたのだ」

まーたテンションを上げやがって、本当こいつらイベントを心の底から楽しんでいるな。

「釣りマスターがアクヴォル様の神聖なお口にルアーをぶつけて乱暴に叩きつけをしていた」

「まさか知っていたから先制攻撃をして排除するつもりか！」

「知らんわ！」

謎の伏線にするな。

女同士のキャットファイトじゃねえよ。

「遊んでないで攻撃しろ！　変身解除後に攻撃が必要みたいだぞ！」

おお、リーダー格は美少女よりもイベントクリア優先だ。

「バーストサンダーレインでござる！」

闇影も空気に流されず攻撃をしている。

まあ闇影がアクヴォル様萌《も》えー！　とか言わないのは何となく助かっている気がする。

『く……おのれちょこざいな！』

と、スタン状態から復帰したアクヴォルは再度起き上がって変身する。

当然の事ながらＨＰゲージの下にあるゲージが復活した。

うん。攻略パターンは見えたな。

が、直後──

『喰《く》らうが良いわ！　メイルシュトローム!!』

アクヴォルの目の前に凝縮する水の渦巻きの様なものが発生し、水の衝撃波と津波が四方八方に巻き起こる。

「うぐ──」

「うお──」

「ぐあああ──」

アクヴォルの周囲で攻撃しながら間合いを測っていた前線組がアクヴォルの必殺技を受けて、殆《ほとん》どの奴らがＨＰを損失して倒れる。

うへぇ……なんて超火力だよ。一瞬で溶けてんじゃねえか。

指示を出していたリーダー格も攻撃を受けて即死したのか吹っ飛ばされて姿が消えている。

タンク役の前線組も大ダメージを受けて吹っ飛ばされて回復するまで戦える状況じゃな

い。

　まともに立っているのは俺と闇影、そしてペックル達しかいない。

「手段を選ばずに着ぐるみを着用してて助かったでござる！」

　ああ……超高火力の水属性攻撃に対しては水属性攻撃に高い耐性を持つ河童着ぐるみじゃないと耐えきれないって事なんだろう。

　シールドダメージが削り切れるくらいにはダメージを受けているので、それでも耐えきれないとか別の属性も含まれているのかもしれない。

　しかし……ＭＭＯＲＰＧのボスって異様に強く設定されている事があるけど、そのパターンだな。

　触れた瞬間、防御特化型のタンクでも即死、みたいなゲームは結構多いんだ。

　やっぱりイベントボスだからかね？

「急いで復帰するから釣りマスターチーム！　時間を稼いでくれ！」

　と、リーダー格の奴が俺にチャットを飛ばしてきた。

　ああ、倒れる直前耐えきっていたのが見えたのね。

「あいよ。とはいえ……倒しても良いんだよな？」

　なにせ顔に引っかけて叩《たた》きつけまくれば速攻で変身解除して隙《すき》だらけの攻撃に猛攻を仕掛けられるんだからな。

幸い……フィーバールアーの効果時間は残っている。

先ほどのスタンがまた効くかはこれからの検証が必要だけどな。

「……ほ、ほどほどに、俺達の取り分を残しておいてくれ」

「急いで駆けつけてくるんだな」

「みんなぁあああ！　釣りマスターに良いところを奪われない様に死ぬ気で戦場に復帰しろぉおおおお！」

っと元気な全体チャットが聞こえてきた。

「だとさ闇影」

「責任重大すぎるでござるよ」

「やってやるしかない。パターンは大体わかったんだ」

「絆殿！」

闇影が俺に注意を呼びかける。

一体……っと思ったところでブレイブペックルがオート反応をして俺の上に飛び上がった。

「ぐううう……ペン！」

バシィッとブレイブペックルに向かって落雷が降り注ぎ、盾で大きく弾いて霧散させる。

アクヴォルが手を上げて何かしていたが、まさか雷まで使うのかよ。

「危なかったでござる……」

「やばいな……」

河童着ぐるみは当然ながら水属性の装備だ。

属性相性的に雷は非常に良くない。

しかもシールドエネルギーが吹っ飛んでいる今、ダメージを受けたら超痛いし、挙句《あげく》大幅に弱体化しかねない。

急いでカニポーションを俺と闇影は服用してシールドエネルギーの回復を行い、僧侶ペックルがブレイブペックルの回復を施す。

河童着ぐるみだからといって攻撃をなんでも受けきる事は出来ないか。

判断力が物を言う……けど、攻撃モーションは一通り確認した。

これでもゲーマーな姉と妹を持つ身だ。

どんな攻撃が来るのかわかれば対処も出来る。

姉と妹ほどじゃないが……やってやろうじゃないか！

根気だけは姉にも妹にも負けない！

「闇影、行くぞ！」

「当然でござる！」

ブレイブペックルに敵の注意を引きつけて守らせつつ口にルアーを引っかけてアクヴォルの変身を解かせてみせる！

「お前だけが罠《わな》を使う訳じゃないって事を見せてやる！」

バラバラと戦場に敵にしかかからないトラバサミをばら撒《ま》く。

今度攻撃的なトラップも習得しておくか。

これでアクヴォル以外の地面を歩く雑魚《ざこ》の足止めが出来るはずだ。

「おら！　釣り上げてやるから喰《く》らえ！」

再度アクヴォルの口にルアーを引っかけて釣りモードに移行する。

く……一度外れかかった、スタンさせる毎《ごと》に耐性を宿してハメる事が出来ない様になっているか……。

けど二度目も上手くやってやる！

『ぐあああああ⁉』

ドスドス！　っと釣り上げからの叩《たた》きつけでゲージを一気に削り切り変身解除させた！

「サークルドレインからのブラッディレイン……からのー」

っと闇影が集まった氷の鮫《さめ》を一網打尽にし、色々とアクヴォルに攻撃をしている。

フィーバールアーで引っかけるのも限界だな。

「よく耐えてくれた！」

そうしている内に前線組が駆けつけてきて、戦線の立て直しが出来た。

「この人数でよく耐えてるよな」

「釣りマスターが良い感じにまとめてくれんだよ」

「ペックル使いが上手いっていうか特殊ペックルが凄《すご》いのな」

クリスとブレイブペックルのお陰だな。クリスも攻撃に大きく貢献している。

ただ……問題はブレイブペックルのストレスゲージだ。

徐々に増えてきている。まだ大丈夫だがそんなに長時間稼働させてはいられない。

「畳みかけるんだ！」

「本体は水属性っぽいが氷部分が厄介だ！　誰か氷に有利な属性で攻撃してくれ！」

「氷に有利な属性ってなんだ？」

パッと言われてわからなかったので周囲に尋ねる。

「土と火、雷とか水みたいに効く訳じゃないんだよ」

へー……そうなのか。

「って、こんな所まで来ているのになんでそんな事も知らねえんだよ」

「そりゃ俺……エンジョイ釣り勢だし」

「はあ？」

っと俺の返事に何言ってんだって振り向いた奴が俺を見て、何も見なかったみたいに戦闘続行をする。おい。何か言えよ。

「デュフフ……釣りマスター絆ちゃんが大活躍なのにドジっ子具合が可愛らしいでござるよ」

闇影じゃない奴がポツリと呟《つぶや》いた。

お前、時代はロリとか言っていた奴だろ。

さっきからこの野郎！　人で萌《も》えるな！　気色悪い！

「それ以外にも特攻の武器とかあるらしいけどな」

「冷凍包丁とかか？」

サッと冷凍包丁を出すと周囲の連中が頷《うなず》く。

「おし行くぞ！」

俺も氷部分を冷凍包丁で何度も切り裂いて削っていく。

アクヴォルに前線組が各々必殺技を叩《たた》き込んでアクヴォルのＨＰが一気にごっそり削れる。

『うぐうう……おのれ人間どもめぇえええええ！』

が、削り切る事が出来ずに再度アクヴォルは変身する。一定以上のＨＰが削れた影響かセリフが変化したな。

『喰《く》らうが良い！　メイルシュトローム‼』

「こっちも対策済みだぁああ！　な——!?」

と、装備を切り替えてきたっぽいリーダー格を含めた前線組の連中がまた必殺技を受けて蒸発した。

俺達も河童着ぐるみの上からかなりのダメージを受けている。

もしかしたら撃つ毎《ごと》にメインの属性が変わるのかもしれない。

「つ、釣りマスターとペックル……礼を言う」

「ああ、他の連中が戻るまでしっかりと戦ってくれよ。三度目の釣り上げは無理だからな」

「当然！　大金星だな。釣りマスター！」

幸い俺達の近くにいたプレイヤーはブレイブペックルに指示して守らせていたため多少は人員の減りを軽減出来てはいた。

遠距離攻撃とばかりにルアーを青鮫《あおざめ》のルアー〈盗賊達の盗人〉に付け替えてからぶつける。

遠距離なのに斬撃と出血ダメージを与える事が出来たぞ。

アクヴォルは氷の鮫なども呼び出している。

前線組が出現と同時に散らしていたけど、今は周囲にいて煩《わずら》わしい。

闇影の魔法攻撃で散らしてもらうとするか。

と、思ったら氷の鮫《さめ》がルアーで攻撃して出血ダメージを起こしている奴に群がっている。

血に反応している？　これは良いな！

「うう……かなりの赤字でござるな」

「言うな。損失分は後で稼げば良い」

スピリットだからセーブポイントに戻らずにいられるが、他の種族だったらセーブポイント行きなのは間違いない。

「ダメージを受けた事で本気になったって感じか……」

追いつめられると同じ技でも攻撃力が上がるボスとかゲームではよくある。

おそらくそのあたりだろう。

「また駆けつけてくるまで時間稼ぎをするぞ」

俺達以外のスピリットで溶けた奴も見た……アレは悲惨だろうな。

仲間とか今までの熟練度は失われる訳じゃないので全てを失うほどではないけど戦線復帰は難しい。

ブレイブペックルのストレスゲージも危ない。

早めに片付けないとジリ貧で負ける。

なんて思いつつモーションがわかっているので時間稼ぎを兼ねて前線組が駆けつけるま

でチクチク攻撃を行う。

「攻撃力高すぎだろ。もう少しバランス考えろよ」

「歯ごたえあって楽しー!」

なんかワクワクすんぞって顔をしている奴が前線組に紛れている。

ああ、やっぱゲーマーってタイプ分かれるよな。

俺みたいなコツコツタイプ、しぇりるやらるく達みたいな冒険とクエストが好きなタイプ、硝子みたいな協力するのが好きなタイプ、紡みたいな戦うのが好きなタイプとな。

難しければ難しいほどに燃える連中が前線組には多いのは何となくわかるぞ。

ただ、正直そろそろ終わらせないとジリ貧でイベント失敗になる。

アクヴォルの奴が防衛拠点に近づいていてどっちにしてもここで削り切らないといけない。

ただ、前線組が総動員で削った時のダメージを目算すると……少し足りない。

「闇影、一気に仕掛けるぞ」

ゲージが五分の一になったところで俺は一気に片付けるためのチャージに入る。

「承知でござる!」

ブレイブペックルとクリスにはアクヴォルの攻撃と防御を任せる。

どうにかブレイブペックルで耐えさせる事が出来るのが幸いだ。

冷凍包丁に持ち替え、攻撃装備って事でエンシェントドレスに着替えてから構えると、ピュンピュンとチャージ音が鳴り響く……。

まだだ……前線組の削りが終わるまであと少し……俺が攻撃に参加してないから想定よりも削りが遅くて非常に歯がゆい。

『あっぐぅううう』

と声を漏《も》らしアクヴォルの変身が解除された。

く……チャージが出遅れた。

「一気に畳みかけるんだぁあああ！」

「おおー！」

みんなが畳みかけている中、歯がゆい思いをしているとアクヴォルのスタンが解除される兆しが現れる。

ＨＰ表示は俺の読み通り削り切るにはちょっと足りない。

チャージ長すぎだ。もっと練習しないといけないな。

なんて思ったところでキン！　っと音が響いた。

「よし！　ブラッドフラワー！」

高速でアクヴォルに近づき、俺の最も強力な技が発動してアクヴォルを切り刻みながら通り抜けていった。

冷凍包丁を振り回して血糊《ちのり》を飛ばしてから振り返る。

するとタイミングよく血飛沫《ちしぶき》のエフェクトが発生して血の花が咲き乱れる。

「おおおおお！　派手な技当てた奴がいるなー！」

「今の技なに？」

「解体武器のブラッドフラワーだ。うちのメンバーに使えるのがいる」

「へー、そうなのか。結構派手な技あるんだな。つーか削り切ったって火力たけー！」

「いや、解体武器だから火力はそこまで高くないはずだけど……」

「技放ってたの釣りマスターだったぞ」

「なら火力あるのは当然か。めっちゃ下のゲージ削ってくれてたし」

「ほぼ釣りマスター一行の活躍だろ。すげーよなー」

「相手との相性も良いしなー」

みんながホッとしたのか余裕を見せ始める。

まあどうにかＨＰを削り切る事が出来た。

『……思ったよりやるようね。良いでしょう』

大きく仰《の》け反《ぞ》ったアクヴォルはそう言うとシュバッと空高く飛び上がって姿を消してしまった。

うわ……倒した事にはなるけど死んだ事にはならないイベントボスだったのか。

ディメンションウェーブイベント時のボスとは扱いが違うらしい。

魔王軍侵攻、水の四天王撃退！

クエストクリア画面が出る。

同時にフィールドにいた雑魚《ざこ》たちも一斉に姿を消して、俺達の防衛は成功した。

十二話　騎乗ペット

報酬画面は……まだ出ないか。

「よーし！」

「やったな！」

「釣りマスターのお陰で思ったより楽にクリアしたぜ！」

「これでビザのランクアップだな！」

「おつかれー」

「お疲れ様ー」

「アクヴォル様ファンクラブ、絆ちゃんファンクラブに参加したい方はこちらー」

各々勝利を労《ねぎら》う言葉が周囲を飛び交う。

「絆殿、やったでござるな！」

「ああ、ところでリザルト画面が出ないな」

「そうでござるな、まだイベントは終わっていないって事かもしれないでござるよ」

ありえるな。

もちろんそれは戦場にいる連中も理解しているのか警戒を解かずにいる。

やがて……フィールドの上空に黒い影が出現した。

なんか邪悪そうな影だな。

『愚かな人間どもよ。よくぞ四天王のダインブルグとアクヴォルを退けた。その事は素直に賞賛の言葉を贈ろう。貴様らを侮《あなど》った我の落ち度である』

うわー……なんだろう。よくある口上って感じだ。

『此度《こたび》の侵攻は序章に過ぎん。四天王どもも手を抜いていたのでな。我が魔王軍の恐ろしさをその身をもって理解したか？　今日はこのぐらいにしておいてやろうではないか……精々一時の平和を甘受するが良い、フハハハハハ――』

とまあ、なんか挑発的な口調で大きな影は姿を消していったのだった。

直後、リザルト画面が表示された。


ミカカゲ・魔王軍侵攻防衛線……二勝二敗。

水の四天王・アクヴォル戦勝利！


続けてランキングも表示される。

与ダメージやダメージ、貢献度とかのランキングはディメンションウェーブイベントの時とそこまで差はないか。

絆†エクシード　与ダメージ　4位
戦場貢献　1位
順位　2位

おお！　結構いい感じの戦果だ。

ただ……やっぱテクニックというかボスとかに張り付いて戦うとかは上手く出来なかったので与ダメージはそこそこって感じだ。

これが硝子や紡だともっとダメージを与えていたんだろうな。

どちらかと言えば被ダメージの方が高いだろうし。

で、闇影は当然ながら与ダメージ1位を取っている。

属性相性良かったもんなー……。

やっぱ闇影って戦闘が得意だよな……魔法で色々とやっているからなんだろうけどさ。

「絆殿が与ダメージ1位じゃないのでござるな」

「まあ、そこまで攻撃に力が入っていた訳じゃないからだろ」

釣り上げて、氷削ってー鮫《さめ》を集めてーとかだしな。

変身解除をさせるのは貢献したけどそれ以上の攻撃、雑魚《ざこ》処理は他のプレイヤーに一歩及ばなかったたって感じだ。

やっぱ戦闘特化の前線組や闇影に負けちゃうのはしょうがない。

ただ、変身解除させたり罠《わな》を壊したりとか他の部分で貢献出来たから良しとしよう。

で……報酬は、スロットじゃなく宝箱表示だ。

確認すると箱が開く演出とともにビザンクアップの表示が出た。

これで更なる先へと行ける様になった訳か……。

他に武具の強化素材と……ボス報酬って文字が表示された水の四天王の魚鱗《ぎょりん》とアクアジュエルという名の宝石だ。

更に追加報酬の欄がある。

騎乗ペット　ライブラリ・ラビット獲得！

「騎乗ペットがあるな」

ペックルの笛で巨大ペックルを呼び出せる俺だけど、他のペットも入手してしまった。

なんか本の形をした召喚アイテムの様だ。

「絆殿、拙者《せっしゃ》も獲得したでござる！」

闇影も本を持っている。

まあ、騎乗ペットって普通に移動するよりも早くなるだろうから便利か。

周囲を見ると似た様なアイテムを持っている人がちらほらと見受けられる。

入手確率はそれなりに高い様だ。

「気になったでござるが……二勝二敗というのはどういう意味でござる？」

「四つフィールドが分かれているんだぞ？」

「……やっぱりそうでござるな」

なんて闇影と会話をしていると硝子からチャットが来た。

「絆さん、お疲れ様です。どうやらそちらの戦いも終わった様ですね」

「ああ、戦果はどう？」

「勝ちました。私の持っている武器と防具がボス魔物……大地の四天王・ダインブルグという方にとても有利に働きまして問題なく戦えました」

どうやら硝子も相性の良い相手と交戦した様だ。

前線組の推理だけどあながち間違いはなかったってところか。

硝子の方の戦果をこっちで細かく確認は出来ないけれど、闇影がトップを取れたんだから硝子もトップを取れたに違いない。

「そうか、こっちも上々、水の四天王・アクヴォルって奴を倒せたよ」

「それは何よりです」

「お兄ちゃん！　勝ったよー！」

紡からもチャットが来る。

「はいはい。正直硝子と紡がいた所はボス撃破が早そうなイメージだけどあのボス、戦場のどの辺りで倒せた？」

「真ん中に届くより少し早めだよね」

「そうですね。攻撃に対してこちらが抑える手段があったので皆さん、全力で戦えていたと思います」

うわぁ……こっちはそこそこギリギリだったぞ。

硝子の地震対策がかなり刺さっていたのは間違いないか。

「硝子さんねー殆《ほとん》どの項目で1位を取ってるんだよ！」

「紡さん！」

「大活躍の様で俺もうれしいよ」

こりゃあMVPは硝子で間違いなさそうだ。

「……つまりしぇりる、らるく、てりすの方は負けたって事だよな」

ロゼがいても敗北か……チャットしづらいな。

恐る恐るらるく達にチャットを送ってみる。

「おっす絆の嬢ちゃん。いやー惨敗だったぜ。ありゃあ相当対策しねーと厳しいな」

らるくの方は負けてもそこまで悔しそうではない様子だ。

気持ちの切り替えが上手いのはやっぱり大人だからだろうか……全力でゲームを楽しんでいるって事かもしれない。

「……」

逆にしぇりるはかなり精神的ダメージが大きそう。

「えーっと」

「……失敗」

しぇりるがポツリと零《こぼ》す。

「ああ、次は頑張ろう」

「……そう。報酬……乗り物ペット」

「あ、しぇりるも貰《もら》えたのか」

割と確率高めなのかもしれない。

「ランキング……7位」

「俺は4位だったぜ」

結構上位にいる。二人とも腕は一流なんだなー。

負けても報酬は良いものが貰えるんだから良かった。

「すぐに合流するぞ」

「そう……」

「あんまり引きずるなよ。ゲームは楽しむもんで責任は二の次なんだからよ。しぇりるの嬢ちゃん」

らるくがしぇりるを励ましている。

「あーん！　らるくー絆ちゃーん！　負けちゃったー」

てりすも悔しそうな感じでチャットに入ってきた。

「おっす、てりす。こっちも惨敗だぜ。勝ったのは絆と硝子の嬢ちゃんがいたそれぞれの戦場みたいだぜ」

「うー悔しいーあの風の四天王、次に会ったらてりすが八つ裂きにしてやるわー。奏ちゃんも凄《すご》く悔しそうだったわ」

「あー……今姉さんをあんまり刺激しない様にお願いする」

下手に突くと根に持ちそうな姉だからね。てりすがこの流れで連れてくるとちょっと面倒になりそう。

ただでさえしぇりるが思いっきり気にしてしまってるからな。

「わかったわ。そうそう。負けてもみんな騎乗ペットが貰《もら》えるみたいね。てりすは大きなモグラの騎乗ペットだったわ」

「俺は馬だったぜ！」

ふむ……色々な騎乗ペットがそれぞれ配布されたみたいだ。

「じゃあ合流しよう」

「はい。今度は一緒の場所で戦いたいですね」

「お兄ちゃんのネタ行動見たいもんね」

「してないから安心しろ」

「絆殿は――」

闇影が密告しようとしたのでチャット前に外した河童着ぐるみを闇影に見せる。

「……大活躍だったでござるよ。またボスを釣っていたでござる」

よし、空気を読んだな。

すぐに噂《うわさ》となって広まりそうだけど気にしない。

「また釣ったんだ！」

「水属性で、引っかけられそうだったからな」

「絆さんも私と同じく大活躍だった様ですね」

「蟹工船《かにこうせん》をしたお陰で拙者《せっしゃ》も罠《わな》を避ける事が出来て大活躍だったでござる。何が幸いするかわからないでござるよ」

「こっちも似た感じで地雷の罠とかあったっぽいんだけどね。硝子さんの武器の力で割と完封しちゃったみたい」

「次は上手くいくかわかりませんけどね」

なんて感じで俺達はさっさと着替えてフィールドから出て関所前で合流した。

奏姉さんは……てりすにも注意したけど今声を掛けたら五月蝿《うるさ》そうなので今度声を掛けようと思う。

「今回のイベントってさー、魔王の四天王の顔出し的なやつっぽいよね。倒した後で飛んで行っちゃったし」

「そうだな。これでどこかのイベントのフラグが立つとかなんじゃないか？」

「だよねー」

「だな。絶対にアイツらと決着をつけなきゃいけねえな」

「やはり今回のイベントの様に戦うのでしょうか？」

「どうだろ？　どこかのクエストで遭遇とかもありえるんじゃない？」

古き良きRPGとかでもありそうだよな。

「イベントでも出てくるけどインスタンスダンジョンのボスの可能性もあるぞ？　フィールドボスとかもいるかもな」

「どっちにしてもやってやるぜ！　な？　てりす！　しぇりるの嬢ちゃん」

「もちろんよー！」

「……」

しぇりる。沈黙されるのは怖いのでやめてほしい……気にしすぎだ。

「しぇりるさん、お疲れ様です」

「……」

「しぇりるさんは絆さんが戦った水の四天王と戦いたかったですか？」

コクリとしぇりるが頷《うなず》く。

まあ、水関連は俺としぇりるが担当って感じだもんな。

やってる事は釣り人と海女だし。

「とりあえずしぇりるの鬱憤《うっぷん》を晴らす方向で何かしていくか。しぇりる、次はどこ行きたい？」

「……関所の先に行きたい」

冒険志向の強いしぇりるらしい返答だ。

「これからもう少し装備を強くする……機材も」

しぇりるはマシンナリーもしてるから、色々と今回の反省からやっていきたいって事なんだろう。

「やる気だな。しぇりるの嬢ちゃん。俺達も頑張るから一緒にやろうぜ！」

「……そう」

「了解。でだ……報酬で騎乗ペットが出た訳だけど硝子達も手に入ったんだよな」

「はい」

と、みんな本を取り出す。割と今回のイベントだと上位は貰《もら》える品っぽくて関所前では本を持って雑談をしている人が多数いる。

どうやら開く事で呼び出せるっぽい。

「じゃあ、試乗してみよう」

「そうですね」

と、硝子が本を開くと……虎くらいの大きい白い猫が出た。

「ニャー」

ノビーッとしてから硝子が乗りやすい様に伏せをしている。

「わー猫ちゃんだーにゃーん！」

紡が触《さわ》れようとすると猫がすり抜けた。

「あれ？　触れない」

「個人所有の騎乗ペットだからじゃないか？」

「ああ、なるほど、硝子さん乗ってみなよ」

「は、はい」

硝子は恐る恐るといった感じで白い猫の背中に乗る。

すると白い猫はスタッと立ち上がった。

「あ、馬と同じ感じで進めますね。ちょっと上下が激しいですけど良いです」

スタスタと硝子が乗り心地を試していた。

周囲にいる他プレイヤーも似た感じで各々乗り物を楽しんでいる。

お？　なんか大きなトカゲみたいなのを騎乗ペットにしている人もいるぞ。

結構ランダムなんだな。

「次は私ー！」

で、紡は犬を出していた。シベリアンハスキーっぽい感じの乗り物だ。

かなりファンシーな犬って感じがする。

「紡さんのワンちゃんもかわいいですよ」

「えへへー」

「……」

続くしぇりるは大きなカワウソの騎乗ペットの様で悪くないって顔をしている。

「やーん！　可愛いー！　みんな絆ちゃんくらいの可愛さよー」

てりす……それってどういう意味だ？　俺がそんなに可愛く見えるのか？

全く嬉《うれ》しくないからな？

んで、らるくも馬を出して背に乗っている。

うん……シンプルに似合うなー……てりすも大きなモグラの背に乗っている。

「モグラだな」

「ねー最初モグラ？　って思ったけど可愛い系で良いわねー」

まあ、確かにファンシーなモグラで良いとは思うけど、足遅そう。どっちかと言うと地面を潜れそうな印象だ。

「……」

で、なぜか闇影がしぇりる化して目が死んでいる。

「どうした闇影」

「そうでござる……」

なぜそこまでテンション下げているんだ？

「絆殿は……」

「俺がどうした？」

「いや……その反応は違うでござるよな……」

だからどうしたんだよ。次は俺かお前の番だろ。

「闇ちゃんどうしたの？」

「闇影さん？」

「闇影ちゃんどうしたの？」

「どうした？　闇影の嬢ちゃん」

みんな闇影の様子がおかしいので首を傾げる。

「絆殿！　交換してほしいでござる！」

「なんで俺？」

「あ、闇ちゃん。今回の騎乗ペット交換出来ないよー」

「なんとでござる！　では拙者《せっしゃ》、騎乗はしないでござる！　捨てるでござる」

「おいおい。せっかく手に入れたんだから無駄にするなよ勿体《もったい》ない」

なんだ？　一体何を引き当てたんだよ。

闇影の奴、どうにもみんなに乗り物を見せるのを拒絶している。

「嫌でござる！　交換を要求するでござる！　せめてカエルならよかったでござる！」

「なんだ？　ナメクジとか蛇でも当てたのか闇影の嬢ちゃん」

「あー……苦手な動物なのね。闇影ちゃんかわいそー」

「それなら当たりでござる！　そもそもなんで絆殿はこれじゃないでござるか！　みんな同じだと思ったでござる！」

ナメクジと蛇は当たりなのか。忍者路線だから平気だったのかもしれないが。

本当、何を引いたんだ？

「あんまり騒ぐなよ。他のプレイヤーの迷惑だろ」

「理不尽でござる！」

「闇影さん、何を引いたんでしょう？　ちなみに絆さんは？」

「ライブラリ・ラビット」

「それって他のプレイヤーも出してるやつだね」

紡が周囲のプレイヤーへと視線を向ける。

硝子達の騎乗ペットに比べると若干小柄で乗るには少し心もとないウサギの乗り物だ。

そこそこ外れ枠だろ。そんな俺に比べて外れってどんなだ？

「では見るでござる！」

しばらくぐずっていた闇影だったが、観念したのか本を開く。

すると煙とともに現れたのは……河童だった。

ファンシーな感じの一頭身の丸い河童だな。河童着ぐるみとも趣の異なる可愛い系だ。

口には手綱《たづな》を咥《くわ》えており、鞍《くら》を背負っている。バランス悪そう。

「わーかわいいー」

「でも河童でござる！」

「いくら尻子玉《しりこだま》抜かれたからって毛嫌いするなよ」

「闇ちゃんネタが尽きないのってすごいねー」

「こりゃあすげえな……闇影の嬢ちゃん」

「これはこれで可愛いから良いんじゃないのー？」

「それだけが理由じゃないでござる！」

闇影……着実に不幸ながら美味《おい》しいポジションを引いているなぁ。

「……死神忍者が河童引いてる」

「そりゃあ、あの河童装備で大活躍したんだ。河童運が巻き起こるのはしょうがねえだろ」

周囲のお笑いを誘う。それが闇影の生きざまなんだろう。

あんまり弄《いじ》ると碌《ろく》な事にならないだろうからここでは自粛しておこう。

「河童装備……アレを着たんですね」

「やむなくな。装備したお陰で活躍出来たのは間違いないから完全に笑い者にはされていないぞ」

「拙者《せっしゃ》は笑い者になったでござる！」

「本当、外さねえな。闇影の嬢ちゃんは」

俺も着ていたのに闇影に集約したのは間違いない。

すまんな闇影、さすがに騎乗ペットに河童を引くなんて誰も想像出来なかった。

「安心しろ闇影、これでお前を死神という奴はいなくなる」

「今度は河童忍者と呼ばれるでござるよ！」

そこは否定しない。

河童着ぐるみの代償は闇影がその風聞をもって払ってくれたのだ。

「釣りマスター絆ちゃんは何を引いたんだろうな」

「気になるー」

「ウサギだってさっき言ってたぞ」

「心が……ペックルマスターだからペンペンしようぜ！」

「確か持ってるだろ。船に引っついてるの見た」

「ああ、そうだったな」

絆ちゃん言うな！　ネカマだと言っているのに何故俺に萌《も》えを見出すんだあいつらは！

「最後は絆さんですよ」

「はいはい」

なんかみんなの中で割と汎用的《はんようてき》なのを引いちゃったなー……既にどんなのかわかっているからドキドキはないな。

と本を開くとズモモ……っと騎乗ペットが現れた。

見上げるくらいに大きい……二足歩行のウサギが出てきた。

目が大きくてかわいく見えるけど……さ。

法衣を着てて片腕には錫杖《しゃくじょう》を持ってる。

動物のウサギじゃなくて、ウサギ獣人って感じのどっしりした体型してないか？

「……」

俺と騎乗ペットの視線が交差する。

サッと俺は他プレイヤーが乗っているウサギに目を向けてから自分の騎乗ペットに再度視線を向ける。

「釣りマスターの騎乗ペット、ウサギだけど違くね？」

「モッフモフで良いな」

「どうやってあれに騎乗すんだ？　肩車か？」

俺も思った疑問を他プレイヤー達が言った。

よく見るとペックルの笛とこの本がなんか共鳴している様な光り方をしている。

領主だからか何らかのボーナスが発生して入手したって事か⁉

「ほー……こんなところにも隠れた効果があるんだなー絆の嬢ちゃんすげーぜ」

「もっふもふで可愛いわねーこっちのウサギも良いわー」

「絆殿も当たりだったでござる！　酷《ひど》い裏切りでござる！」

「騒ぐな！　こっちはどうやって乗るか悩んでんだぞ！　肩車とか微妙にリアクションに困るだろ！」

わははーってなんか微妙に乗りづらい事この上ないだろ！

闇影にツッコミしながら騎乗ペットに近づくと片方の手をほど良い所まで下げてきた。

……これに足を引っかけろって事？

とは思ったのだけどなんかステータスに騎乗アシスト画面が出た。

え……その乗り方？

差し出された手に座るとウサギは親が子供を抱きかかえる感じに俺を乗せて立ち上がった。とりあえずこの乗り方が正しいらしい。

「うわ……釣りマスターの外見から超似合うな」

うっさい！

「お兄ちゃん、すごくファンシーだね」

「やーん！　可愛いに可愛いが重なって最高よ！　写真撮らせてー！」

「絶妙に似合うな。このゲーム……中々やるじゃねえか」

「やかましい！　撮るな！　らるくが羨《うらや》ましいわ」

イケメン男性が馬に乗るって絵になるだろ。将軍やガンマン的な感じでさ。

「タフガイと少女」

しぇりるがポツリと呟《つぶや》いた。

ああ……このウサギがムキマッチョの男性で俺がこうして抱きかかえられてたら確かにそれっぽいかもな。

「えー……絆さんの乗り物さんは個性的ですね。速度とかどうなんでしょう？」

言葉を選ぶ様に硝子が聞いてくる。

ふむ……と思いつつ前進を意識すると騎乗ペットはのっそりと……いや、速い！

俺を片手に持ったまま硝子達の騎乗ペットと同速で動いている。

スキップする様な歩調というのが正しい。

「速度は同じみたいですね」

「闇影、本当にこれが羨《うらや》ましいのか？　正直、乗り心地良くないぞ」

普通に鞍《くら》に乗れる闇影の方が無難な代物に見えなくもないぞ。

なんか抱きかかえられているのに安定感がないし。普通に肩車とか背中に乗って四足移動じゃないのかとツッコミたい。

「……河童の方が忍びっぽくて良いでござる。着ぐるみを着た前提がなければ問題ないでござる」

やっとわかったか。そんな羨ましいものではないものだという事を。

「着てても違和感なさそうだけどな」

「ペックル……河童を乗せて移動するって感じだし。カスタム可能」

「ああ、あるんだったか」

ペックルの笛は俺達のパーティー用にある大型騎乗ペットだけど、こっちは個人用の騎乗ペットだ。

別アイコンでカスタマイズが出来るなら弄《いじ》ればどうにかなりそう。

「人力車を装備出来るみたいでござる」

「それなら背中に乗るよりマシそうだな。俺の方はー」

ライブラリ・ラビットのカスタム画面を出して確認、装備可能な代物がわかるっぽい。

……人力車は装備出来ない。というか装備可能な項目が錫杖《しゃくじょう》や衣服、帽子あたりで鞍とか装備は出来ない様だ。

装備する事が出来るのは……なんかアイコンで円形の盾みたいな代物だけど盾じゃないので、よくわからない。

錫杖の代わりに本も持たせられるっぽいけど、これってスキンか何かか？

「この乗り方がデフォルトみたいで変えれん」

「絆さん大丈夫ですか？　場合によっては乗らないのも手ですよ」

「俺の方は馬車とかで引かせられそうだな。馬車を見つけたら絆の嬢ちゃんを乗せれるか？」

らるく、その場合乗せるのはてりすだろ。俺が乗るのははばかられる。

「出し入れが早く出来て移動に使えるなら使うに越した事はない。頑張ってみるさ」

「結構お兄ちゃん似合ってるよ？」

「じゃあ、色々と補給したら乗り物に乗ってミカカゲの関所を越えていこう」

「行くでござる！」

って感じで俺達は関所から補充のために船の方で待機していたアルトやロミナに会いに行った。

今回の攻防戦で物資支援という組に所属していたアルトとロミナにも騎乗ペットは授けられていた。

どうやら参加すれば騎乗ペットが貰《もら》えるイベントって感じだったみたいだな。

アルトは普通に馬でロミナはてりすと同じくモグラの騎乗ペットだ。

……みんな普通に動物や魔物が多い。俺のだけ異彩を放っている様な気がしてきた。

「イベントお疲れ様、本当に君達の報酬素材を貰って良いのかい？」

「ロミナには色々と世話になっているからな」

「はい。それでいい装備を作ってください。他に必要なものとかあったらいつでも言ってくださいね」

「ありがとう。ありがたく受け取っておくよ。ところでアルトくんに絆くん達に預けた着ぐるみの注文が何件か来ていると聞いたんだが」

俺と闇影はサッとロミナから視線を逸《そ》らす。

「性能はなかなか優秀だからね。一般販売をするんだったら後で材料を調達してくれると助かるよ」

「あのネタ装備を欲しがる奴がいるのか？」

「性能重視で考えれば素潜りにも水系魔物との戦闘にも使えるからね。可能性を見出したんじゃない？」

いつの世も見た目よりも性能に拘《こだわ》る者はいるって事か。

「ちなみに染料職人に頼めばカラーリングを変える事くらいは出来るよ？　闇影くん用に黒くするのはどうだい？」

「嫌でござる！」

アルトの提案を闇影は断った。

まあ、俺もあの着ぐるみを常時着用するのはちょっとなー……。

「しぇりるくんはどうだい？」

「……」

しぇりるならここで頷《うなず》きそうだけどさすがに断った。

「冗談はこれくらいにして、君達は早速移動というところかな？」

「ああ、ミカカゲの新しく行ける所に興味が湧いている連中ばかりでさ」

「そうかい。じゃあ行ってくると良い。良さそうな鉱石とか見つかったら教えてくれ」

という訳で俺達はロミナとアルトと別れて一路ミカカゲの関所を越えに向かう。

とはいっても途中までは高速便での移動なんだけどさ。

お祭りをやっている中継地から一路次の関所へと向かう。

みんな貰《もら》ったばかりの騎乗ペットに乗っての移動だ。

このウサギに抱きかかえられる形での移動……やだ、頼れるって冗談が過ぎるな。

ブレイブペックルを出しているのだけど……俺達が騎乗ペットに乗ったら合わせて騎乗ペットを出したぞ。

白とピンクのヒヨコみたいなやつに乗ってる。もしかしてラースペングーになった際に現れた取り巻きだろうか？

クリスや他のペックルは……呼び出すと俺の騎乗ペットの肩に乗っかる様だ。

「関所ばかりだけどそろそろ首都に到着とかしないのかね」

結構関所を越えたけどまだミカカゲの首都に辿《たど》りつかない。

どれだけ厳重で排他的なんだ？　信用第一なのかもしれないけど。

江戸時代とかに例えて鹿児島から江戸までとかって考えるとかなり遠いんだろうけどさ。

そこまで再現してるのか？

「どうなんでしょうね」

「首都で売ってる装備とか気になるよね」

「色々と面倒なクエストを超えた先に行ける場所だからなー……店売りでも性能は高そうなのは間違いない」

夢は広がる。第四都市ミカカゲって事に……なるのか?

なんか引っかかる……第四都市に普通のプレイヤーが入るのに手間がかかりすぎている。

次のディメンションウェーブが第四都市近辺だと参加出来るプレイヤーの制限が多すぎて人員が足りなくなるぞ。

そのあたりはどう解決するんだ?

プレイヤー達を信用出来ると国が判断してビザが不要になるとか?

アップデートの際にありそうな修正だけど……違和感は拭《ぬぐ》えないな。

なんて考えていると関所に到着した。

ビザを見張りのＮＰＣに見せると快く頷《うなず》かれ、門が開いて先に進めた。

エピローグ　お風呂

「新しい場所ですね。今度は何があるんでしょうか」

「とりあえず拠点を見つけないとな。今日は戦いの連続だったし早めに休んだ方が良い」

「えー探検しないのー？」

「したいなら行ってこい」

街道に沿って移動すれば魔物との遭遇は殆《ほとん》どない。

スタスタと俺達は軽快に街道を進んでいくと……山と湿原が見えてきた。その麓《ふもと》に小さな町っぽい場所が見えてくる。

「次の中継地はあそこみたいだな」

「その様ですね。紅葉がキレイです」

ああ、そういえば周囲の木々が色とりどりの葉の色をしていて雰囲気的に秋っぽい情景を見せている。

ミカカゲはこういった季節感が上手に再現されているな。

「そうねー……風流ね」

「景色がすげー良いよな。クエストも良いけどゆっくりこの辺りを回って楽しむのも良いかもしれねえな」

渓流でもそういった要素が楽しめた。ただ……湿原の方の空はどんよりだな。

「湿原でござる」

「当然、俺は釣りをするぞ。ヌシは何だろうな？」

「絆さんらしいですね。町に着いたら一晩ゆっくり休んでから各々活動するで良いんじゃないかと思います」

そうだな。その足で釣りに行くのも良いけど魔物とかいそうだ。

まずは硝子達と一緒に行って安全である事や俺だけで魔物を処理出来るかを確認するのが大事だろう。

魔物に関しちゃまず無理な話だけどさ。硝子達がいないと魔物のいる場所での釣りは厳しいな。

海に関しちゃバリスタとか投網《とあみ》、ペックル達でどうにかなっていたんだけどさ。

セーフエリアとか割と魔物が出ない場所とか大体そういったフィールドがないとゆっくり釣りも出来ん。

一応、魔物が少ないって場所は今まであった。

「ところで気になったでござるが……」

「どうした？」

「この個人所有の騎乗ペット、乗ったままでの戦闘も想定されている様でござるよ」

「そうなのか？」

「しばらく乗っていたからか騎乗戦闘スキルが出ているでござるよ」

お？　確かに出てるな。


騎乗戦闘Ⅰ。

騎乗専用スキル。

騎乗時に発生するあらゆるマイナス補正を軽減し、プラス効果を付与する。

同時に騎乗ペットの能力を開花させる。

毎時間200のエネルギーを消費する。取得に必要なマナ200。

獲得条件、4時間以上騎乗状態で行動する。

ランクアップ条件、30時間以上騎乗ペットに乗って行動する。


船上戦闘の同種みたいなスキルだ。

しかも騎乗ペットの能力開花も関わっているとなると取得すれば戦闘で有利に働くか？

素直に移動用で片付けるか、それとも戦闘にも使うかはプレイヤー次第だな。

というか湿原に来て思った。

「闇影の河童の方が俺向きじゃないか……泳がせるとか出来そうだし水陸両用だろ」

「心の底から譲渡したいのは同意でござる」

湿原の良さげな所にボートで漕がずとも行けるとか便利すぎるだろ。

闇影に釣りの趣味がないのが問題だ。

「アルトに水陸両用で使えそうな個人騎乗ペットが売ってたりしないか探させるか」

「……」

しぇりるがじっとこっちを見てる気がする。

「まあ……小舟も便利だけどな」

ここはフォローを入れねばいけない。

小舟で行けない所とかで使えたら便利ってだけだ。

「籠《かご》は先に設置しておくか」

「そこは妥協しないんですね」

「当然だ。だって籠があるから釣りをする時間を短縮して硝子達と一緒に行動出来るんだからな」

釣りが今の俺のソウルライフな訳で、だけど硝子達とも一緒に行動したいという欲と両立させるため、籠漁をするのだ。

幸いにしてアルトから補充分のカニ籠《かご》は受け取っているので設置するとしよう。

とりあえず……アクセスが良さそうな町からほど近い湿原に設置しておこう。

いそいそと湿原の設置出来そうな所に仕掛けておく。

「絆の嬢ちゃん……」

「絆ちゃんも徹底してるわ……」

「他プレイヤーがあれを目視出来たら雰囲気が台無しになること請《う》け合いでござるな」

カニ籠に関してなんだけど設置者のパーティーメンバー以外は見る事が出来ない。

「お兄ちゃんが限度を知らない設置をしてるのはわかるとしてよくお兄ちゃんの設置数にシステムが対応してくれてるよね」

「考えてみればそうでござるな。この手の代物は上限とかありそうなイメージがあるでござるよ」

確かに俺も最初は上限とかあるんだろうかと恐る恐る設置したがそれらしい様子はない。

設置したらトコロテンの要領で最初に設置したやつが消えるとかも検証したが今のところそれらしいシステムは確認出来ていない。

「ロード」

しぇりるがなんか言ってる。

「君主って事だな。しぇりるの嬢ちゃん。確かにそれなら大量設置可能な理由に納得がいくぜ」

「いや、どちらかと言えば大量に必要である事を前提にしたゲームだからこそなのかもしれないでござる」

なんかしぇりるのセリフを察してらるくと闇影が推測をしている。

出来るもんなんだから良いだろ。

カニ籠を出してポンと湿原の水辺に沈める。

これで一定時間後に取りに来れば何かが引っかかっているって寸法だ。

ちなみに結構な確率で外れが混じっているのはご愛敬だな。

流木に始まり単純にゴミってアイテムなんかも手に入る。

ゴミに関しては何か使い道があるらしくアルトが引き取って職人に処理させるとか言ってたな。

あれって何に使えるのかよくわからん。

「よし、設置完了、新しい町へと行くぞ」

「はい！」

「未知が拙者《せっしゃ》達を待っているでござるよ」

「あの町では何があるかなー」

って感じで俺達は新しい中継地の町へと立ち入った。

「近くに湿原があるからか、土台がしっかりと舗装された場所みたいですね」

「みたいだな」

なんか石畳の土台が立てられていて、基礎がしっかりした……陸地なのに港を連想する町だ。ここで民宿っぽい宿を取る。

「ガラガラで景色が良さそうな宿に簡単に泊まれるのが良いでござるな」

「そりゃあ私達が一番乗りだもんね」

「まだ前線組はここまで来れないからな」

おそらくお祭りをしている中継地で前線組は寝る間も惜しんで受注クエストをしているところだろう。

それも定期的にビザ更新と申請時間があるので、ここに来るのにもう少しかかる。

「効率が良くて、お金が稼げて、人がいない場所ですね。まだここも」

それは解体の秘密を秘匿《ひとく》する際に硝子達と話し合った狩り場の条件の話だ。

俺達は今もそれをずっと追い続けている。

「そうだな。思えば遠くに来たもんだ」

解体に関しちゃ今では見聞きしているプレイヤーが多くなり、パーティーメンバーに一人は所持しているなんてのが当たり前になっていたりする。

ちなみに魔物の場合は死体を持ち運ぶって事が出来ないので解体屋って店は開けない。

魚とかは出来るんだけど。

あくまで現地での解体しか出来ないのが難点だな。

罠《わな》とかで捕まえた動物の持ち運びも可能なんだったかな。アルトがそのあたりを情報屋として聞いてもないのに教えてくれた。

「この光景を独占するってのは気持ち良いもんだぜ」

「じゃあ部屋を取って、各自好きに休もう」

日も大分傾いている。

湿原に沈む夕日がなんとも雰囲気を出しているなぁ……まあ、海でも見慣れた太陽だけどさ。

「今日は疲れたのでお風呂に入るのが良いですね」

「そうだな。魔王軍と戦ったその報酬をもらった足で来た訳だし……息抜きしたい」

ディメンションウェーブで入浴などは必須の項目ではない。

けれど町などでは銭湯などの設備があって、銭湯に入る事が出来る。

ちなみにディメンションウェーブは健全なゲームなので銭湯に入るとみんなタオル巻きの姿になる。

体は洗わなくても良いけど意識的に洗う事も可能、ただし、タオルは脱げても下に謎の水着が着用されている。

その下は他プレイヤーには見えない様になっている。

「おっふろー！　お兄ちゃんとらるくさんは覗《のぞ》いちゃだめだよ」

「紡殿……基本混浴でござるよ」

そう、このディメンションウェーブの風呂はプール扱いに近い様で男女が分かれる事はない。

これは俺みたいなネカマなどを想定した作りなのかもしれない。

正確には男コーナーみたいな看板はあるけど垣根がない。風呂の壁に男と女って書かれてるだけで丸見えなのだ。

「混浴で風情がないのはわかるぜ？　そこは覗きが出来るクエストがあってほしいもんだ。お約束だろ？　ロマンは大事だぜ」

らるくが拳《こぶし》を握って悔しげにしていて、そこは同意しかねるのか、てりすは眉を寄せている。

「何がロマンよ。らるくは……もう」

「あれでござるな。てりす殿とらるく殿は見慣れている関係なのでござろう。だかららるく殿はてりす殿の裸体を覗く形で見たいのでござるな」

「ちょ――」

「闇影の嬢ちゃん！」

　思わぬセリフにてりすの顔が真っ赤になり、らるくが注意している。

「大人をからかうもんじゃないぜ。何よりネタが危ねえ」

「い、一本取られちゃったわねらるく。とにかく覗きはしちゃダメよ」

「覗きはどうかと思いますがそれ以外に、絆さんを男湯に送り出すのはどうかと思うのですが……」

　みんなわかっているけど俺のアバターは姉妹のせいで美少女だ。

　そんな美少女が中身男だとわかっていても男湯に混じるのはどうなんだ？　って意見である。

「あー……そうだな。絆の嬢ちゃんみたいなタイプを考えてその手のクエストはないって事なんだろうな」

「ある意味安心って事よね……」

　気まずいのはなんとなーくわかる。

　オープンネカマってこういうところが苦労するよな。

　性転換したのを周囲が知ってるアニメとか漫画だと気まずい感じになるんだろうか。

「水着でお風呂に入る様なものですし、あんまり気にしなくても良いのではないでしょうか？」

「硝子って結構、このあたり大雑把《おおざっぱ》だよね」

鼻の下を伸ばす俺とかを見て別々です！　とか気にする感じの流れではないのだろうか？

「確かにそうですね。これで絆さんが男性のお姿だったら気にしたのかもしれません。らるくさんが女湯に来たら注意しますし」

「うーん……あれだ。みんなが入浴したらみんなのおっぱいを揉《も》み始めて、揉めば揉むほど大きくなるんだよ！　とかセクハラをすると追い出される感じだな」

「おう！」

らるく……子供達の教育に悪いから、ちょっとこっち来なさい」

らるくにてりすは説教を始めた。はっちゃけすぎたな。

「なんでそんな具体的な……揉みたいんですか？」

「揉みたいか揉みたくないかと言われたら男だから揉みたいけど、自分の胸とかでどうにかなる……訳でもないか」

美少女だけど胸がペタンコだもんな。俺の外見。

「胸、大きい、邪魔」

ここでしぇりるが不快そうに言う。

ああ……お前もあんまり胸大きい方じゃないもんなー。

「大きい方が良いでござるよ！」

逆に闇影は胸が大きい方に肯定か。

「そうだよ！　胸は大きいに越した事はないよ！」

紡も便乗してる。お前の胸って別に小さくはないだろ。

硝子はともかく、この場じゃしぇりるが異端……なのかな？

ツルペタをしぇりるは気にしているのか……それなら最初からボンキュボーンなアバター
ーにすれば良いだろ。

紡はさりげなく現実より大きい様に設定しているというのに。

てりすはー……。

「胸は大きい方が良いわよね。でもこれって大人の世界だとセクハラに当たるからみんな注意よ」

大人のてりすも胸は大きい方が良いと思うのか……となると盛ってる方か。

闇影もそうなんだろうな。

……ん？　もしかしてこの理屈だとしぇりるが不快にしているのは……どっちなんだ？

硝子が呆《あき》れる様に俺を見てる。

「さすがにここは道徳の範囲で目の保養にする程度で済ませるさ」

なんだかんだみんな美男美女な訳だし、一緒に入浴ってだけで充分だ。

まあそもそも普通のゲームだし、健全な形になっているだろう。最終的なところまで突き詰めればお風呂なんて入らなくてもゲームなので健康的な状態を維持出来る。

「それともほぼ貸し切りだろうから俺だけ別で入るか？　らるく、お前は俺を見て欲情するのか？」

「はは！　絆の嬢ちゃんくらいの子に欲情したら犯罪だぜ？　ねえなー」

まあ……らるくの外見から考えると親子でお風呂に入ってきてもおかしくないよな。

「……なんでしょうね。絆さんが男性であるというのを時々忘れますし、一緒に入っても気にならない気がしちゃいます」

「それは褒め言葉として受け取っておくよ」

姉妹の作った自信作のアバターのお陰だな。

「お兄ちゃんこのゲームだと釣り一筋だしねーリアルでもそのあたり鈍感なところあるよね」

「硝子やしぇりる、闇影はわからないかもしれないが、俺にはおバカな姉と妹が家にいるんでね。女体への関心は同世代の男よりはないかもしれない自覚はあるさ」

言っててなんか悲しくなる。

リアルの学校でも俺って美少女の姉と妹を持つ地味な兄弟って感じだったしね。

級友達には色々と聞かれたりしたもんだが、美少女の姉妹ってのが身近すぎると逆に汚いところやだらしのないところが気になってしまうもんだ。

だから俺は妹萌《も》えが理解出来ないし、姉萌えもよくわからん。

そんなモノの何に興奮すれば良いというのか。

姉でも妹でもない女性に抱きつかれるなんて事ないけどさ。

だから胸を揉《も》んでみたい好奇心はあるが言われないと答えられない程度の願望だし、触《さわ》り心地は何となくわかる。

「枯れてんな……絆の嬢ちゃん」

「姉妹に挟まれて育った男の子ってこうなのねー……ちょっと勉強になったわ」

てりすは俺を見て何を学んでいるんだ？

らるくとの将来か？

「絆殿も苦労しているでござるな……拙者《せっしゃ》からしたら兄弟姉妹がいるのは羨《うらや》ましいでござるが」

闇影の言葉にしぇりるが同意する様に頷《うなず》く。

「私は少しわかります。寝食を共にする年齢の近い関係が長く続くと意識しなくなってしまうんですよね」

硝子の場合、なんかリアルの生活では兄弟子とか姉弟子なんかがいそうなイメージだ。

「改めて思うけど……俺達、華がある様で全くないな。らるくとてりすのバカップル具合に中指立てるくらいしかないのか……」

「絆の嬢ちゃん。バカップルってひでえ言い方すんな……」

「良いじゃないの。みんなに見せびらかしてやるわよー」

てりすはこっちの皮肉を受け流してきたなー……逆にダメージ受けるわ。

硝子もなんか男の存在とかないし、紡は言うまでもない。

闇影に至ってはコミュ障を自称するし、しぇりるとは会話するのが困難だ。

俺はオープンネカマで……ディメンションウェーブはセカンドライフプロジェクトってジャンルを掲げているというのに。

冒険好きが集まったらこんなもんか。

「なんだか虚《むな》しくなるのでやめましょうよ。楽しむのが大事なはずですよ」

「だな、風呂は……まあ俺は気を使って時間をずらすから硝子達は俺がいても良いって思ったならその時間に来てくれ」

「そうですね。お風呂で話がしたいならご一緒で良いですよね」

「酒があれば温泉に入りながら一杯を楽しみてえところだったぜ」

「酔い潰《つぶ》れるからやめなさいよ。前に自宅の風呂で飲んで酔い潰れたの忘れたとは言わせないわよ」

らるくとてりすってバカップルだと思ってたけど、熟年夫婦みたいなところあるよな。

仲が良い事で……という訳で各々入浴は任意でする事にした。

†

「ふぅ……」

この町の風呂は露天風呂だった。

湿原が一望出来る素晴らしい眺めが視界に広がる。

角度的に覗《のぞ》き放題だが、ゲームの仕様上裸体はほぼ見られないから気にしなくて良いって事か。

ディメンションウェーブは健全なゲームなので！　とか言いたげな感じだ。

「湯加減はどうですか？」

宿の部屋で魚の解体なんかをして熟練度と次のランクの条件解除、釣り具の選定などをして予定通りの時間に入浴をしていると硝子がやって来た。

「良い。景色も素晴らしいし、これからどんな魚が釣れるか楽しみだ」

「ふふ、絆さんらしいですね」

チャプッと硝子も露天風呂に浸かって俺の隣に座る。

「のどかですねー」

「そうだな」

今日の出来事を思い出すと温度の差が激しすぎる様な気もする。

なんだかんだ精神的な疲れは蓄積するものだし、温泉でゆっくりするとドッと疲れを感じる様な気になるのだ。

「……」

硝子が黙って景色を見つめた後、俺を見てくる。

「どうした？」

「いえ、特に何かあるという訳ではないのですけど……今日の戦い、やっぱり絆さん達と一緒にやりたかったですね」

「自動で割り振られちゃったんだからしょうがない……けど、そうだな、ただ硝子は割と付き合いの長くなりつつある紡と一緒だったんだから心おきなく戦えたんじゃないか？」

「そうなんですけど……逆に絆さんとはあんまり一緒に戦ったりしていないので」

このあたり硝子は気にするんだな。

まあ、みんな俺の釣りの趣味には気を使ってくれるのはありがたいんだけどなー。

「今回の釣りは私もご一緒しますかね」

「お？　付き合ってくれるのか？」

「はい。カルミラ島でもちょっとやりましたし、この前の蟹工船《かにこうせん》も付き合ったじゃないですか」

確かに……ああ、硝子が付き合ってくれていたのはそのあたりを気に掛けてくれたからだな。

「絆さんは魔物退治よりも釣りの方が好きですのに私達に付き合ってくれているんです。私も絆さんに付き合いませんと不公平ですからね」

「じゃあ狩りと探索の合間に色々と釣りを楽しんでいくか」

結局俺達のプレイスタイルに変化なんてあんまりないんだ。

みんな新天地、冒険を楽しんでいて俺は合間に釣りスポットを見つけては釣りに励んでいる。

そんなプレイで良いじゃないか。

「はい」

次のディメンションウェーブまでどれくらいあるかわからないけどやっていけば良いよな。

「それでですね、絆さん」

「うん」

「そろそろ意識していくべき事が結構あります」

おや？　何かあるのかな？　恋愛とか？

「なんだ？」

「闇影さんもある程度察しているのですが私達が強くなるには幅広い経験が必要になってきています。単純に効率の良い魔物を倒せば良い訳ではない様です」

あー……しぇりるとか紡にも熟練度があって同様の引っかかりがある。

一定の数値までは同じ魔物を倒して経験値を得るのは有効な手段であるのは間違いない。

ただ、硝子達の見立てでは他にもあるという事だろう。

「絆さんは第一都市から第二都市近隣を巡る経験が少ないですよね」

「そうだな、第二都市なんて数回しか行ってない」

「ですので色々とやりたい事をし終わったら今度は強くなる条件を満たすために今まで行っていなかった場所を巡ろうと思っています。そこで戦った事のない魔物を倒して条件を満たしていこうかと」

なるほどね……このゲームに関する壁というか実績、条件をこなす事での上限解放を硝子達は考えているって事か。

そもそも俺も今回の戦いであれだけ恵まれた装備や技能があったにもかかわらず色々と遅れていた。

ロミナの話だと俺の冷凍包丁は相当の業物《わざもの》なんだよな。

元々俺の運動神経の悪さがあったとしても……まだ色々とやっていかないといけないって事なんだな。

この先の戦いとかも視野に入れたら……当然か。

「らるく達に聞いてクエストを達成していくのも良いかもな」

まあ色々と回っていくのは悪くない。まだ見ぬ未知の釣り場が俺を待っている。

そもそも水族館である程度、何があるのかもわかっているし……アップデートで何か変化とかあるかもしれないしな。

「そうですね。まだ私達はこの世界を大して楽しんでいないのかもしれないです。色々と遊び尽くしましょう」

「わかった。苦労を掛けるな」

「色々と絆さんには助けられていますからね。これくらいはやって当然です。楽しく、それでありながら後悔しない様にです」

ここでなんかロマンチックに硝子とデートとか俺はすべきか？

いや、別にそういう関係じゃないか。

そうして俺達は他愛のない会話をしながら入浴を終えた。部屋に戻り、みんなに料理を作って振る舞う。

「今日の晩飯は刺身だぞーてりすが作ったつみれ汁もご賞味あれー」

「お刺身ー」

「海鮮丼でござる！」

「絆さん達と一緒にいると海鮮類には困りませんね」

「お兄ちゃん！　イクラ丼とかないの？」

「サーモン食いてえな」

「昔はトロより人気がなかったって聞くのが驚きよねー」

寿司屋の人気メニューでトロがサーモンに負けて久しいと聞く。

俺が物心ついた頃には既にサーモンの人気が高かったんだけどさ。

「そういえば鮭はまだ釣った事ないな。フライフィッシングの目標にはしたい相手なんだがな」

「どのあたりにいるかなー？」

「うーん……そのあたりはまだよくわからんところがあってなーカルミラ島の水族館で登録されていたかちょっとうろ覚えだな」

少なくとも俺は釣っていない。そもそも俺は海の魚が多めだからな。

「いそうな所だと渓流だな。ただ……釣れるシーズンなんかもあるからどこで釣れるかわからん」

このあたりはゲームだよな。設定されていない場所に特定の魚は出現しないからな。

「サーモン。おいしい」

しぇりるがここで反応した。

「そうだな。魚の中じゃかなり美味《おい》しい方なのは否定しない。どこかでウナギみたいに手に入れたいところだ」

「お兄ちゃん。渓流にまた釣りに行こう！」

紡が鮭を食べたくてしょうがない状況になってきている。

鮭はな……料理に色々と使えるから俺も釣りたいもんだ。

鮭おにぎりに始まり、塩焼き……イクラもあるし鮭フレーク、ムニエル……うーん。なかなか悪くない。

「探索の初心を忘れるなよ。今の内にこの湿原や新しい関所の先を探険するんだろ？」

「うん。それと討伐クエストとかこなして更に次の場所も探さないとね！」

「やる事が多いでござるな」

「多いくらいが良いんじゃないか？　する事のなくなったゲームほどつまらないものはないぞ」

「そうでござるな。カニにウナギと続いて次は鮭探しでござる」